対向車には雪

音のない駅前に花壇

左に寄ったトラクターを追い越す

解けずに黒くなった雪

トタンの錆びる前を知っている

色

帰省して故郷の町を歩くとだいたいは色褪せている。私がいない間も日光を浴び続けていたことがわかる。薬局の化粧品のポスターが色褪せている。店頭のカエルと象も色褪せている。居酒屋のビールを持った水着のポスターが色褪せている。何でも揃っていると思っていた本屋が色褪せている。中古ゲームショップの看板も色褪せている。友達が住んでいた住宅の屋根も色褪せている。実家の灯油タンクも色褪せている。色褪せていないのは記憶の中だけである。

シチューのＣＭに見入る

面影

大型電器店。プリンタ用紙売り場にあるプリント見本に故郷があった。私は用紙を選ぶふりをして、それを見続けた。

気づくと私はさらに故郷の面影を探していた。故郷の地名と同じ漢字でも北海道の企業でも何でも良いから探した。居酒屋が連なる路地に故郷の玉ねぎの段ボールがあるだけで立ち止まった。

一秒後に始まる冬

もうひとつの季節

日本の季節は四つある。春と夏と秋と冬。いわゆる四季だ。北海道にはこの秋と冬の間に五つ目の季節がある。いつ雪が降ってきてもおかしくない、誰もが雪を受け入れる季節である。それは喜びでも諦めでもなくて、そういうものだと思う季節。

そんな季節の午後、小学生の私は歩いている。舗装されているがつぎはぎが目立つ道。穴が開いているところには水が溜まっている。ひび割れた白線がカーブミラーに映っているのが見える。曲がればすぐに砂利道になる。

もう綺麗な落ち葉などどこにもない。ただただ地面と同化してしまう寸前の色の枯れ葉が散らばっているだけ。道の脇の草は枯れている。シロツメクサもアカツメクサも草相撲をしたオオバコもない。握って遊んだネコジャラシも色を変えて風景に溶け込んでいる。

朝起きるとできていた霜柱は多くの子どもたちに踏まれまくり、日光が当たるところは解けて土の色をより濃くしている。日陰にはまだ健在な霜柱が残っていてわずかな白さを見せている。私はそれをわざわざ踏みに行く。まるで霜柱をすべて消していかなければいけないゲームのように、見つけては踏んでいく。そのたびに靴には泥が付いて地面と同化していく。

すっかり日が短くなって、道草を食っているとあっという間に夕方になる。民家の前に置かれたクリーム色をした漬物の樽も、スクールゾーンの標識も、まだ緑を残している笹の葉も夕闇に染まっていき、やがて濃い青となる。葉のない木でできた山はただ黒くなる。

この景色を雪が白く埋めつくす冬が来る。

それは一秒後に始まるかもしれない。

母親の足跡の上を歩く雪の日

母とソリ

夜。雪が踏み固められた白い歩道。車通りはほとんどない。たまに通る車はチェーンの音を響かせている。

また降り始めてきた雪が、街灯の灯《あか》りの中を通り抜けると、そこだけ切り取られてはっきりと見える。遠くで信号機がぼんやりと光っている。

私は青い色のソリに乗っている。ポリエチレン製のありふれたソリ。前方に紐が付いていて、それを持ってソリを引いている人がいる。母親だ。

ソリが雪の上を進む。完全に固く凍結した部分を通るとガリガリと音が変わる。手を差し出すと降ってきた雪が毛糸の手袋の上に乗って、じんわりと消えていく。毛糸の手袋は左右が毛糸の紐で繫がっている。

「カップヌードルを買っていくかい？」

母親の声がする。発売されて間もないカップヌードル。なかなかインスタント食品は食べさせてもらえなかったから、私の心は躍る。

「買う！」

そう答えようとして、やめる。ひとつ気がかりなことがあったからだ。今日は土曜日。八時からどうしても見たい番組があるのだ。

「ドリフターズには間に合う？」

そう問うと母親は頷《うなず》く。私はホッとする。

小さな商店でソリは止まり、母親は店に入っていく。私はソリに乗ったまま外で待つ。

雪降る夜は商店の中だけが明るい。見上げるとコーラとスプライトの看板が見える。その時、まつ毛に雪が付き、私は手袋を脱いで慌ててこする。店の人と母親が談笑しているのを見ながら、再び手袋をする。雪かきでできた小さな山に手を伸ばして、雪を摑んではすぐに投げることを繰り返して暇を潰す。

買い物を終えた母親が店から出てきて、またソリを引き始める。振り返ると商店は閉店の準備をし始めている。雪の粒がさっきより大きくなってきて、知らない誰かの足跡を消していく。手袋の上に乗った雪はもう消えてなくなっている。

「早く、急いで！」

そう言うと母親が走ってみせてスピードが上がる。「もっと速く！」と言うとさらにスピードが上がる。それだけで面白くて私は笑う。

これが母親に関する最も古い記憶だ。

ストーブの横にスケート靴を置いて

雪の朝

目覚めると外からいつものような音が聞こえてこなかった。誰かが歩く音や車が走る音が聞こえてきてもいいのに、今日は何も聞こえない。こんな朝を前にも経験したことがある。

もしやと思い窓の方を見るとカーテンの向こうが白く見えた。起き上がってカーテンを開けると、窓ガラスには霜がセーターの模様のようなものを作っていて、その向こうは一面の雪景色であった。雪の朝は静かなのだ。

朝の太陽の光が雪に反射している。キラキラと輝いているがただただ寒さしか感じられない。光れば光るほど寒いことを私は知っている。

平屋の住宅の小さな庭は、もうほとんどが雪に覆われていた。ずっとあったサンダルも、空気が抜けかかっていたサッカーボールも、インゲン豆の支柱にしていた女竹《めだけ》も、潮干狩りに持っていった小さなシャベルも、拾ってきた綺麗な石も見えなくなっていた。見えるのは灯油タンクと、エンジンをかけて温めている車と、フロントガラスの凍結と格闘する父親だ。

花の蜜を吸って歩いて吸って歩いて

ふたりの友達

子どもの頃に住んでいた町には大きな川があり、町を二つに分けるように流れていて、オホーツク海へと続いていた。流れが急な川で、「遊んではいけない」と親や学校から何度も言われていた。特に雨が降った次の日は激流になって、堤防の上からその水流を眺めながら「水というのは水色ではないんだ」と思ったものだ。

小学二年生の頃、私に友達が二人できた。男の子と女の子だ。正直なところ、私は二人を友達と呼ぶことに抵抗があった。しかし先生が「友達になってあげてね」と言うので、私は「はい」と引き受けた。大人に頼りにされているのだからやった方が良いと考えたのだ。

二人は同じクラスで、他の子たちよりいろんなことが遅れていたり、できなかったりする子だった。二人の友達になった私は勉強を教えたり、遊びのルールを説明したり、やってはいけないことを教えたり、いわば教育係のようなことをした。その頃の私は勉強が人並み以上にできて、身体も大きくスポーツも得意だった。多分生まれながらに与えられた能力値が高かったのだろう。普通ならばここからさらに努力や経験による能力値が加算されていくのだろうが、私はそれをことごとく怠ったために、能力の貯金を小学六年生くらいで使い果たしてしまうことになり、さらにそこからも何もしなかったために、今のような大人になった。それはともかく、私は大人から優等生として扱われていたから、そのイメージを崩さないよう振る舞うことを心がけていて、二人の面倒をできるだけ見た。

男の子の方の面倒を見るのはさほど難しいことではなかったのだが、女の子の方が困った。その子はほとんど言葉を発することがなく、会話がなかった。学校の帰り道にいつもなぜか立っていて、私の方を見て微笑《ほほえ》んでいるだけだった。私はそれが怖い時もあって、気づかぬふりをして足早に通り過ぎた。

男の子の方は私の言うことを聞いて、『手繫ぎおに』や『色おに』などのルールも覚え、一緒に遊ぶことが多くなり、だんだんと友達だと思えるようになっていった。しかし、女の子の方は変化がなく、いつしか私はその子に苛立《いらだ》ち、「何もできないくせに」と完全に下に見るようになっていた。もちろんそんなことは口に出さず、大人の前では良い子に見えるよう振る舞った。

私はテストで満点かそれに近い点数を取り続けていたかったものの、たまに点数が良くない時があり、優等生を演じなければいけない私は悪い点数の答案は親に見せられないと思い、学校の帰り道にある雑木林の木の根元にこっそり埋めていた。ある日の放課後、いつものように女の子がこっちを見ていた。無視して通り過ぎようとすると、その日は珍しく近寄ってきて、「はい」と言葉を発し、私に何か手渡してきた。彼女の手の中には乱雑に折られた古ぼけた紙がいくつもあった。私はそれが何かすぐにわかり、愕然とした。それは埋めたはずの答案であったからだ。その子は私が埋めるのをどこかでずっと見ていて、掘り出してきたらしい。

「ちゃんと持って帰らないとダメなんだよ」

その瞬間私と彼女の立場が逆転し、すべてを見透かされたような気がした。恥ずかしさと怒りと怖さが混在し、私は答案を奪い駆け出した。

「お前、自分が上だと思っていただろう」

そんな声が聞こえた気がした。

一方、男の子とは夏休みも遊ぶようになった。

北海道の夏は極端に短く、プールに入れる日はわずかしかない。そのわずかな時間を楽しむかのように夏休みはプールへと行った。男の子は泳げなく、私も泳ぎは得意な方ではなく、バタ足で進める程度だったのだが、「泳ぎ方を教えて」と頼まれたので嫌な気はせず、「いいよ」と言って教え始めた。どのように教えたのかはまったく覚えていないが、毎日約束してプールに集合し、はしゃぎあっているうちになんとなくその子は十メートルくらい進めるようになっていた気がする。「泳げるようになった！」と喜び、私も嬉しくなった。

その日も泳ぎ、十五時くらいに「じゃあね」と言って別れた。帰宅して、夕方のアニメの再放送を見ていたら、電話が鳴った。子どもの自分に電話がかかってくることはなかったから私は気にせずテレビを見ていた。

母親が出て、真面目な口調で対応して切った後、神妙なトーンで私を呼んだ。いつもとは違う声にすぐに振り向くと、母親は男の子が死んだことを私に告げた。

私と別れた後、男の子は自分の弟や妹に泳げるようになったところを見せようと、川に入ったらしい。最初はちゃんと泳いでいたとのことだ。しかしその日も流れが急であった。突然バタバタとし始め、それを見て弟や妹はふざけているんだろうと思い笑っていたそうだ。それからすぐに流され、姿が消えた。怖くなった弟や妹は泣き出し、その声に気づいた大人が駆けつけてきて通報した。男の子は数キロ先で見つかった。

夏はあっという間に終わり、秋が来て、やがて雪が降った。雪は景色を白く覆った。隠してある答案も、川岸に置かれた花も、すべて見えなくなった。

モノクロの廃校にカラフルなタイヤ

少年と虫

私が北海道東部の道東と呼ばれる地域にいた頃、北海道にはカブトムシは生息していなかった。クワガタは生息していて、虫捕りの中心はクワガタだった。

夜の街灯に集まってくるクワガタを捕獲するのが最も効率が良く、特に山の麓を通る道や雑木林付近の街灯にはたくさんのクワガタが集まり、捕り放題と言っても過言ではなかった。しかし子どもは夜自由に出歩けないので、なかなか捕り放題の恩恵にあずかれない。

そこで編み出した方法が「早起きをする」というものであった。朝なら出歩いても怒られることはないし、むしろ早起きしたと褒められる。

私はクワガタのために早めに寝て、午前四時前に起きた。着替えて外に出ると、朝でも夜でもない不思議な景色が広がっていて、昼でも夜でもない音がした。空にはまだ朝焼けはなく、青い風景の中で、建物の壁の白さがはっきりとしていた。秋が近づいているような気もするし、今日も暑くなる気もする。曖昧な空気の中、私は自転車で目的地へと向かった。

「おーっ」

目的地に到着し、目の前に広がっている光景に私は思わず声を出した。

街灯の周りにはまだ夜の名残りで虫がたくさんいた。道路には車に踏まれてしまった虫もたくさんいて、きっと夜はもっと凄かったのだろうと想像した。

少しずつ空が明るくなっていき、家族でキャンプに行った時の朝を思い出させる香りに包まれながら私はクワガタを夢中で捕った。ミヤマクワガタ、ノコギリクワガタ、コクワガタ、アカアシクワガタ……。オスもメスも捕った。路肩の草むらの朝露で靴は濡れていたが、それは大した問題ではなかった。

クワガタへの欲が満たされると、今度はカブトムシへの想いが募り始める。しかしこの辺りをどんなに探してもカブトムシはいないのだから、ただ憧れるしかない。

夏休みのある日、カブトムシを手に入れた同級生がいるという情報が駆け巡った。本州で入手したとか、札幌のデパートで買ったとか、ここよりも大きな町に幼虫が売っていたなどの噂が飛び交った。

そいつは綺麗な一軒家に住んでいるAという名前の同級生で、明らかに裕福で、テレビに繋げて遊ぶブロック崩しのゲームなんかも持っているらしく、私たちとは交流はほとんどない奴だった。それでもカブトムシが見たいということになって、私と友人の二人でAの家にカブトムシを見に行くことになった。

Aの家の前には綺麗な乗用車が停まっていて、ドアは私の家の引き戸とは違い、ライオンの顔のドアノッカーが付いている立派なものだった。ドアを開けると芳香剤の香りがして、大きくて綺麗な玄関が広がった。靴はきちんと並んでいて、革靴が光っていた。そして何よりスリッパがあった。私は家でスリッパなど履いたことがない。スリッパなど病院か温泉で履くものだと思っていたから驚いた。

玄関には靴箱があり、その上に高価そうな壺と、さるのこしかけが飾られていて、その横に虫を入れるプラスチックの飼育ケースがあった。

「ごめんください！」

私たちが大きな声でそう言うと、Yシャツを着たAが来て、「なんでおまえらが来たんだ?」みたいな顔をしていたが、カブトムシのためならそんなことは気にしていられない。私たちがカブトムシを見にきたと告げると、Aは「ああ、はいはい」といった慣れた感じで、飼育ケースを下ろしてくれた。中には土が敷かれ、木の枝があり、エサであるスイカの皮があった。顔を近づけるとおが屑《くず》の香りがして、そこにはたしかに図鑑で見たカブトムシがいた。

初めて見る本物の動くカブトムシに私たちは興奮し「うわー」と感嘆の声を漏らした。それを見てAは誇らしげな顔をしていた。

一緒に行った友人が「触らせてくれ」と頼んだが、「だめだ」と断られた。「少しくらい良いだろ」と再度頼んだもののまたしても断られ、友人は苛立って「減るもんじゃないんだし。ケチだなあ」と言った。その言葉でAも苛立ち、「もうカブトムシは見せない！」と言い、私たちは追い出されてカブトムシ観賞会はあっという間に終わりになってしまった。

立派なドアの外は相変わらずの夏で、私と友人二人は文句を言いながら学校のグラウンドにあった半分埋まった大きなタイヤのところまで戻り、そこでも「あいつケチだな」などと言い合った。一通り文句を言った後、友人が「なあ、もう一度見せてもらおうよ」と言い出した。

「大丈夫かな？」

「大丈夫だ。謝ればまた見せてくれるから」

友人の方が私より怒っていたので「謝る」は意外な言葉であったものの、私ももう一度見たかったので頷いた。

夏の日差しが少しずつ弱まり始めた午後三時頃、影の形がさっきとは違っている中、私たちは再びAの家に行った。さっき来た時に家の前にあった車はなく、静かだった。自然と私たちも静かになった。立派なドアを開けて「ごめんください」と言うも返事がなかった。玄関にはさっきまであった靴はなく、静まり返っている。もう一度「ごめんください……」と言っても返事はない。どうやら留守らしい。

それに気づいた途端、急激にここは他人の家であると意識し始め、背徳感が生じた。しかし友人が玄関へと入っていくので私も入ると、友人はおもむろにドアを閉めた。ドアが閉まる音と同時に外の音は消えて芳香剤の香りの中さらなる静寂が訪れた。他人の家に勝手に入っている状況に私は怖くなって「もう行こう」と言った。しかし友人は「いいからカブトムシを見ようぜ」と言って靴箱の上のケースを下ろした。蓋を外し、カブトムシをじっくりと見て「おお。凄いな」と笑っていた。私はこの家の人たちがいつ帰ってくるかわからず、それが怖くて、「もう行こう」と再び言った。

すると友人はカブトムシを摑み、ケースだけを元の場所へと戻した。

友人の手にはカブトムシがいる。予想していなかった行動に私は呆然として見ていたが、友人がカブトムシを持ったまま玄関のドアを開けたので「盗むのかな」と思った。「いや、まさか」とも思い、友人を追いかけるように私も外に出た。「ねえ……」と呼びかけると友人は私を見ようともせずに、手に持っていたカブトムシを見つめた。「ねえ」ともう一度声をかけようとした時、友人はカブトムシを夏の空へと思いっきり放り投げた。突然宙に舞ったカブトムシは驚いたのかラッキーだと思ったのかは知らないが、そのままどこかに飛んでいった。一瞬聞こえた羽音が耳に残った。

カブトムシが見えなくなるや否や友人は駆け出した。私も駆け出した、全速力で走り続け、校庭の遊具のところへと戻った。しばらく私たちは話さなかった。私は先ほどのことを思い出し、誰かに見られていたかもしれないと必死に記憶を辿《たど》った。誰にも見られていないという結論に達してホッとするも束の間、また気になって記憶を辿った。周りでは同じ小学校の子たちが遊んでいて、その姿は楽しそうで、悩みも何もないように見えて、私は羨ましくなるのと同時に、自分はもうあの中に戻れない気がして、無性に後悔した。

夏は日が長いといえども、少しずつ夕方の雰囲気に支配されてきた。五時を知らせる鐘が聞こえて周りで遊んでいた子たちの姿もなくなっている。そろそろ帰らなければいけない時間だ。

「逃がしてあげたんだ」

友人が言った。

「カブトムシを逃がしてあげたんだ」

もう一度言った。

「逃がしてあげたんだね」

「うん、逃がしたんだ」

それが本当なのかはわからないが、罪悪感でいっぱいだった私は、ほんの少しだけ楽になった。私たちは別れ、帰り道はずっと「そうだ、あれは逃がしてあげたんだ。自然に返してあげたんだ。その方がカブトムシにとっては幸せなんだ」と正当化するように自分に言い聞かせた。なんとか気を持ち直すも、家に帰るとバレてしまうのではないかとまた怖くなり、電話が鳴るたびにドキリとした。

結局バレることはなく、夏は終わった。Ａが突然消えたカブトムシのことをどう処理したのかは知らない。その日のことは友人との秘密になった。やがてその友人とも学年がかわるにつれ疎遠となり、私も少しずつ忘れていった。

しかし今でもあの時の芳香剤と同じ香りに出会うと思い出し、手のひらにじんわりと汗が滲《にじ》むのだ。

窓を隔ててつららが斜め

母のサプライズ

昭和四十年代後半の話である。文字にするとそんなに昔なのかと驚くし、怖くもある。その頃の私は幼くて、母親は若かった。計算したならば今の自分よりも何十歳も若いことになる。それを知るとまた驚くし、同時に尊敬の念が生まれる。

幼い私はサンタクロースを信じていた。「サンタクロースはいない」という発想はまったくなかった。

母親はそんな私にクリスマスのサプライズを用意した。小さな町にあった小さな玩具店、もちろん当時は大きく見えておもちゃなら何でもあると思っていた玩具店で『サンタクロースがプレゼントを配達します！』というサービスを行っていたようで、母親はそれに申し込んだ。

クリスマスイブの二十四日の夜に突然サンタクロースがプレゼントを持って現れ、私を驚かせる。そんなことをされたら、私はサンタクロースをより信じるし、狂喜乱舞する。子どもの夢を壊さない、そして喜ばせたい。母親はそう思っていたに違いない。もしも自分が親ならば、同じことをするだろう。

しかしイブの前日の二十三日のしかも昼間にドアがノックされ、私が出ると「サンタクロースです」と自己紹介する男性が立っていた。サンタの要素は取って付けたような赤い帽子だけで、どこからどう見ても玩具屋のおじさんだった。

母親は激怒していた。

スパイクタイヤが車庫の奥に見える

父と煙草

記憶の中の父親はいつも煙草を吸っている。大人はたいてい吸っていて、人間誰しも大人になれば吸うものだと思っていた。

父親がマッチを擦り、煙草に火をつける。すぐにマッチを振って火を消すと、黒い先から白い煙が細く立ち上り、独特の香りが立ち込める。

私はいつも煙で輪を作って欲しいとお願いした。父親は口を窄《すぼ》め、人差し指で頬を軽く叩く。すると口から小さなドーナツのような煙の輪が出てきた。私が父の頬を叩いても出てくる。なんて凄いんだと尊敬した。私の中で父親と煙草は切り離せないものになった。

夏のある日。車で親戚の住む町へ行った。ちょうどお祭りをやっていて、夜になるとみんなで夜店に行った。

左右に夜店が並び、暗闇の中に光の道ができている。その道は華やかで、賑やかで、食べ物もくじもあり、スマートボールもあれば金魚もいる。私は高揚し、すべての夜店を見ないと損だと思って、まず夜店の片方の列だけ見て歩き、帰りに逆側を見ることにした。そうすればすべてを見ることができる。

型抜きは今の自分には無理そうでもっと大きくなったらやろうと思った。その隣に紐を引くと結ばれている景品が釣り上がってくるタイプのくじがあった。欲しいおもちゃが前列にズラリと並んでいて、私は立ち止まった。どの紐もそれらの景品に繋がっているように見えて、簡単に当たってしまうように思えた。欲しい景品に繋がっている紐を目で辿り、「あの紐を引けば当たる！」と確信した。

「これ、やりたい」

そう親に言おうとして振り向くと、後ろに親はいなかった。親戚もいない。私がくじを夢中で見ている間に進んでいってしまったのだ。

慌てて探し始めるも知らない大人しかいなくて、一緒にいる子どもは知らない学校の生徒だ。夜店に対する高揚感は跡形もなく消え、ただの無機質で不安しかない人混みになった。

私は闇雲に歩き回り、さらにどこにいるのかまったくわからなくなった。

今になって思えば小さな町の小さなお祭りであるから迷ったところでたいしたことないのだが、幼い私はすべてが大きく見えて泣いた。やがて私は保護され、交番に連れて行かれた。

夜店の列から抜けると夜の暗闇が広がっていて、ざわめきが遠くなっていった。交番の入り口には丸くて赤いランプがあって、ボーッと光っていた。

椅子に座ると名前をきかれ、年齢をきかれ、他にもいろいろ質問されて、私はなんて答えたのか、きちんと答えられていたのかまったく覚えてない。ただ、父親の職業をきかれた時に「煙草屋さん」と言ったことは覚えている。それくらい私の中で父親と煙草は繋がっていたのだ。

まだ貼られていた表彰状

戻る

何もすることがなくて煙草を吸った。仕事もなく、部屋で煙草を吸って時間を潰すしかなかった。日は傾き始め、夕暮れが近づいていた。

住んでいる古いアパートは通りに面していて、対向車がギリギリすれ違えるくらいの狭い道路ながらも一応バス通りであり、かつ通学路でもあった。窓を開けるとベランダなどなく、前の住人が付けたと思われる洗濯ものを干すロープがだらしなくぶら下がっているだけだ。

私は窓に腰かけ、外を見ながら煙草を吸った。その頃の世の中はまだ煙草を吸うのが格好良い風潮があった。通りを歩く人はこちらなど見てはいないのに、勝手に意識して吸った。父親のように煙で輪を作ってみたができなかった。

夕方、いつものように窓に座って煙草を吸っていると、目の前の通りを学校帰りの生徒たちが通った。何もせずに煙草を吸っている自分と、絶えず何かをしている生徒たちを比べると、向こうの方が断然輝いて見えた。談笑している生徒、ひとりで歩く生徒、俯《うつむ》いている生徒、小走りの生徒、本を読んでいる生徒。それぞれがそれぞれの悩みを抱えているのだろうが、それさえも羨ましくなった。しばし考え込み、気づくと煙草の灰が長くなって自然と落ちていて、私はそれを手で払った。

読んできた漫画や映画の影響か、頭のどこかで絶えず考えていることがあった。時空を超え、過去に戻るということだ。今こうやって窓に腰かけているが、何かの拍子に転落してしまった瞬間戻るかもしれない、なんてことをよく考えた。もしくは眠り、目覚めると戻っている可能性もある。何がきっかけとなるかわからないから、私はいつ過去に戻っても焦ったり慌てたりしないようにと、財布には古い硬貨を数枚入れてあった。五百円硬貨は発行されていない可能性があるから気をつけなければいけないし、昭和に平成と刻印されている硬貨は使えない。

戻るなら目の前の通りを歩いている生徒たちの頃が良いだろう。何本目かの煙草に火をつけた時、私はある問題に気がついた。他でもない、今人差し指と中指に挟まれている煙草だ。中身がそのままで過去に戻るパターンならば煙草を吸いたい気持ちは今と同じだ。中学生や高校生で悪戯《いたずら》に煙草を吸う人はいるだろうし、自分の周りにもいたが、今のヘビースモーカーのままだと悪戯レベルではなく、とことん吸いまくってしまう。やっと過去に戻ることができて、やり残したことを回収しつつ後悔を消していって、上手く学園生活を送っていくには煙草は必要ないアイテムだ。

その思いから、私は煙草を止めた。それから一本も吸っていない。

段ボールに冬物と書かれている

五百円硬貨

　小学五年生の時に転校した。それまで住んでいた町から八十キロメートルくらい離れたところにある、オホーツク海寄りの町に引っ越すことになったのだ。引っ越しは初めてではなかったものの、転校は初めてだった。親の仕事の都合上、いつか転校しなければいけないのは薄々感じていたし、なんとなく覚悟はしていた。それでもいざ転校が決まると嫌で仕方なかった。

　三月下旬に引っ越し、新学期から新しい小学校に通うことになった。学校は家から二キロメートルくらいのところにあり、新学期が始まる前に学校までの道を覚えようとひとりで歩いてみた。日陰で固くなったままの雪と、陽が当たり雪が解けてぬかるんでいる部分がある通学路を進んでいくと、驚くほど古ぼけた校舎があった。それまで通っていた校舎は鉄筋コンクリートでできていたのに、目の前にあるのは木造だった。三匹の子豚なら二番目に壊されてしまう校舎だ。

子どもの声が聞こえて、校庭を見ると遊んでいる子がいて私は隠れた。知らない子しかいない。そもそもこの学校に通っている全員が知らない人なんだと改めて気づき、逃げるように校舎の裏側にまわると、使っていない古い机と椅子が積まれていて、それが侵入を拒む要塞のように見えて、さらに怖くなって私は走って帰った。

新学期が始まる前日、私はあれこれ考えては緊張を繰り返していた。明日が来なければ良いとか、風邪をひけば行かなくて済むなんてことを考えていた。

町には二階建てのショッピングセンターがあって、夕方家族で買い物に出かけた。前に住んでいた町にはこんな大きなショッピングセンターはなく、店内は華やかで、そこには何でも売っているようでそれだけでワクワクしたものの、転校のことを思い出すとその気持ちはあっという間に消えた。しかしすぐに大きめのゲームコーナーを見つけ、またワクワクし、でもまた転校のことを思い出して気分が沈んだ。

母親が食品フロアで買い物をしている間、暇だった私は店内をうろうろしていたら、文房具や雑貨が売っているコーナーに当時人気だった新日本プロレスのレスラーがプリントされたポーチがあり、今考えるとそれはオフィシャルなものではなかったかもしれないのだが、私は欲しくて欲しくてたまらなくなった。それがあれば明日の登校も平気になる気がした。親をその売り場に連れてきて、「これが欲しい」と言うとすぐに「ダメ」と言われた。もう一度「欲しい」と言うと「何に使うの？」と言われ、何に使うか自分でもわかっていなくて黙り込んだ。それでもやっぱり欲しくて「友達みんな持ってるんだよ」と言いそうになって、ここには友達がいないことを思い出して、また緊張した。

転校初日のことはあまり覚えてない。校長室で担任だと紹介された先生の後ろについて暗い廊下を歩いた記憶があるくらいだ。校舎の中は外から見るより古びていて、廊下の板は色が変わっていて歩くたびに軋《きし》み、平らではなくなっているところもあった。匂いも空気も水飲み場の石鹸も掲示板に貼られている紙も、前の学校と全部違った。石炭ストーブのある教室に入り、教壇の上から前を見るとすべて知らない顔で、誰も笑っていなかった。私が前の学校で培ってきたキャラクターや、地位はすべて通用しない。必死で集めた消しゴムもカードもここではゴミと同じだ。

クラスメイトの前で挨拶をして、先生に言われた席に向かった。机は古かったが、椅子はもっと古かった。周りを見ると他の人のも古いものの、私の椅子は異常に古かった。きっと足りなくなってあの要塞から急遽《きゅうきょ》持ってきたのではないかと思って疎外感を覚えた。

次の日、まだ友達がいない私にひとりのクラスメイトが話かけてきて、家が近いということで一緒に帰ることになった。その子が「家に良いものがあるから来いよ」と言うので立ち寄ると、引き出しの奥から丁重にハンカチに包まれたものを持ってきた。何かわからず私が見ていると「ジャーン」と言ってハンカチを開いた。その中には見たことがない硬貨があった。

それは五百円硬貨だった。五百円紙幣に代わる形で五百円硬貨が誕生したことはテレビで見て知っていたが、私は実物をまだ見たことがなかったために「おーっ！」と声を出して驚き、「本物だ！」と興奮した。それは他の硬貨より大きく、新しくて光っていて、私は何度も「いいなあ」と言うとその子は「凄いだろ」と得意気になった。「何で持ってるの？」と訊くと、「俺のお母さんがスーパーで働いていて、お店にある五百円玉を両替して持ってきてくれたんだ」と話してくれた。私は「どうして家《うち》の母親はスーパーで働いてないんだろう。働いていたら家にも五百円玉があるのに」と思った。

その子の家は平屋の住宅で、やたら狭かったことや、部屋が片付いていなかったことや、テーブルの上に造花があったこと、西日が差して穴の開いた襖《ふすま》を照らしていたことなどが相まって、この五百円硬貨を初めて見た日のことは今でも強烈に覚えている。

帰り際「またいつでも見に来いよ」と言われ、「わかった！」と私は言って別れた。

やがて私は足が速かったことも手伝い、すぐに何人かの友達ができた。席替えをして私の椅子は古いものではなくなり、疎外感はなくなった。あの恐怖すら感じていた机と椅子でできた要塞は格好の遊び場所になり、ショッピングセンターの大きさは当然のものとなり、いつの間にか五百円硬貨は珍しいものではなくなっていた。

一方、五百円硬貨の子とは遊ばなくなってしまった。放課後、何度か学校の昇降口にその子がいて、明らかに私のことを待っているのがわかったが、無視してしまった。

時折、強烈な後悔と自己嫌悪に襲われることがある。あいつは今何をしているんだろう？　私はあの日見た昭和五十七年の五百円硬貨を手にするたびそんなことを考える。

雪解けまで使えないベンチがある

冬の空の気球

町に大きな丘があり、そこに町の陸上競技大会などが行われるような広いグラウンドがあった。

冬になり、何度も何度も雪が降って、グラウンドの面影がなくなるくらいに一面真っ白に染められたある日、そこで『熱気球を体験しよう！』という子ども向けの催しが行われることになった。

私はまったく行く予定がなかったのだが、弟と家に遊びに来ていた弟の友達が「行きたい」と言い出した。当時、私が小学六年生くらいだったから、二人は低学年だったはずだ。弟だけならともかく、友達もいるので断り辛く、「じゃあ、行くか」と言うと二人は喜んだ。私たちは冬の服で身を包み、気球のある丘へと向かった。

車道は除雪車が通った後のようで道が明確にできていたが、歩道はそうではなく、誰かが歩いて、その上を誰かが歩いて、そういう積み重ねでできた細い道を私たちは歩いた。

すでに熱気球体験終了予定時間の三十分くらい前で、着いたら終わっていたということは避けたく、自然と早歩きになった。丘の上へと続く坂を歩いていくと、やがてテレビや本でしか見たことのない熱気球が見え、テンションが上がった私たちは駆け足になった。白い息を吐きながら熱気球を見上げると、思っていた以上に大きく、係員の大人とどこかの子どもたちを乗せて浮かび上がっていた。時折空気を温める火の音がして、私は付き添いで来たはずなのに早く乗ってみたくて仕方なくなった。

終了時間間近だったためか、並んでいる人はもういなくて、今乗っている子どもの親が見て手を振ってるくらいであり、私たちも次に乗せてもらおうと近づくと、地上にいた係員が「あと二人で終わりだよ」と言った。もう燃料があまり残っていないようだ。

私は自分の乗りたい気持ちを抑え、係員に「ではこの二人を乗せてください」と伝えた後、弟たちに「俺は良いから乗っておいで」と促し、兄として、そして年上として模範的な振る舞いをした。二人は喜んで気球に乗りに行って、私は「良いことをした」と満足しながら、弟たちを乗せた気球を見上げて手を振った。

この行動を誰かが見ていて、その人が「あの子、自分は我慢して弟たちを乗せるなんて、偉い子だ」と言いふらしてくれたなら私の評価が上がるのだが、そんなことはなく、かといって「俺、今日良いことしてさ」と自分で言うのも違うとわかっていて、なんだかもどかしくて仕方ない感情を抱いた。家に帰ってから何度か気球の話題を切り出したのだが、弟は何も言わなくてまたもどかしくなった。

この感情は今でもあり、しかも当時より頻繁で、そして強い。

砂を吐くアサリが静かだ

アゲハチョウ

夏の日。私はアゲハチョウの幼虫を捕まえた。自転車で畑の横を通っている時に偶然見つけたのだ。私は慌てて自転車を降り、スタンドを立てる時間も惜しくて自転車をそのまま倒しっぱなしにして近づき、その姿を間近で見た。アゲハチョウは他の蝶よりも風格がある。それは幼虫も同じだ。目にすることの多いモンシロチョウの幼虫であるアオムシよりも数段大きく、造形も単純ではない。特に終齢幼虫は鮮やかな緑色をしている。図鑑で見ていた通りの姿をしばし眺めた後、そっと捕まえた。力を入れると潰してしまいそうなので慎重に持ち、夏休み中はいつも持ち歩いていた虫かごの中に入れた。

その日は友達と野球をする約束をしていて、グラウンドに向かう途中だったので、虫かごを自転車のかごに入れて、私はグラウンドへ急いだ。とはいえ、あのアゲハチョウの幼虫が入っているのだ。急ぎつつも虫かごが揺れて傷つかないように注意して漕いだ。

グラウンドに到着するともう友達は揃っていて、私は自転車を停めて、急いで走っていった。

当時は友達とするスポーツといえば野球しかなく、子どもの数も多かったからかなんだかんだ人は集まり、九人対九人できっちりと試合形式のものをやっていた。そこに誰かの弟や妹、近所の年下の子が補欠として加わることもあった。

ただ、試合の終わりはいつも明確ではなかった気がする。九回裏まできちんとやった記憶はない。途中で誰かが用事があるから帰るとか、そろばんの塾に行かないといけないから帰るとか、そういった理由で人が減っていき、いつの間にか試合は終わった。

その日もそうだった。自然と試合終了となった頃には夏の炎天下はおさまり始め、白いランニングシャツ姿のおじいさんが散歩し始める夕方に近づいていた。私は早く帰って夕方のアニメを見ようと自転車の方へ歩き始めると虫かごが見えて、アゲハチョウの幼虫を捕まえたことを思い出し、「僕はあのアゲハチョウの幼虫を捕まえたのだ」と喜びを嚙みしめた。そういえば誰にもまだ言っていない。残っている友達に自慢してやろうと思い、みんなが驚く姿を想像して私は心躍った。

しかし虫かごの中は私が思っていた光景ではなかった。夏の直射日光を浴び続けたアゲハチョウの幼虫は干からびて動かなくなっていたのだ。虫かごを叩いてみても揺らしてみても無駄だった。私は自分のミスで殺してしまったことと、あんなに私を魅了した風格などどこにもない姿を見て怖くなってしまい、誰にもわからぬように虫かごを持ち上げ、中身を無造作に草むらに捨て、逃げるように自転車を全力で漕ぎまくった。

大人になってからも何度も見ている夢のひとつに、私が何かを飼っているのだがそれを忘れていて、思い出して慌てて帰ると大変な状況になっている、というのがある。あの日のアゲハチョウの幼虫の件が脳裏に深く刻まれているのかもしれない。

お客さん用の布団で寝る実家

泣いた店員

訪れた古くて小さい喫茶店は煙草の匂いがして、昔よく行った友達のアパートを思い出した。煙草によって茶色く変色している壁に掛かっている絵を外せばくっきりと真新しい壁の色が現れることだろう。友達のアパートも引っ越しの時にタランティーノの映画のポスターをはがすとそこだけ真っ白だったことを覚えている。

この店に蝶がいるのは座ってすぐに気づいていた。どこからか迷い込んできたアゲハチョウ。入口の扉は半分ほど開きっぱなしになっており、初夏の風と共に蝶も入ってきたのだろう。入口付近にあるマガジンラックの週刊誌の上にとまっていて、少しすればまた外へと飛んでいくだろうと私は思った。客は私ひとりで、店員は文庫本を読んでおり、店は静かだった。

私は喫茶店で考えをまとめ、書き物をすることが多い。

私はいつの間にか物書きになっていた。やり始めた頃は長く続けることになるとはまったく思っておらず、かといって他にやりたいことがあったわけでもなかったのだが、いつしかもうこの仕事でやっていくしかないと思うようになった。もはや就職などできるわけがない。町を歩き、店先に貼ってある求人情報を見ると、年齢制限に引っ掛かる。さすがに宇宙飛行士だとかプロ野球選手だとかは無理なのは知っていたものの、ここまで選択肢がなくなっていることに驚いた。とはいえ、宇宙飛行士になりたいなど一度も思ったことはない。よくわからない場所に行くことは怖く、空気がないということは途轍《とてつ》もなく恐ろしいものだ。プロ野球選手も思ったことはない。野球をやっていたことはあったが、自分には無理だと小学四年生の時に悟ったことを覚えている。

不意に悲鳴が聞こえた。

店内を蝶が飛んでいる。さっきの蝶だ。ひとりで店を任されていた若い女性店員は虫が苦手なようで、目の前に蝶が現れたものだから驚いて声をあげた。そんなことお構いなしに蝶は自由に飛んでいた。

店員はえらく怯《おび》えていたが、それでも店内を飛ぶ蝶をそのままにしておくわけにもいかない責任感はしっかりと残っていて、蝶をなんとか外に出そうと試み、扉の方へと追い払った。しかし蝶は店員の努力にはお構いなしで自由に飛び続けた。

やがて蝶が空いている席の椅子の上にとまった。店員はどこからか持ってきた青いバケツを蝶に被せるように素早く置いた。蝶はバケツと椅子が作る空間に閉じ込められた。

店員の手はバケツを強く押さえ続け、そのまま動かなくなった。捕まえたのは良いがここからどうすべきかわからないようだった。いつまでもバケツをそのままにしておくわけにもいかない。とはいえ椅子ごと外に出すわけにもいかない。ついに店員は泣きだしてしまった。

その時店に入って来た客が私を怪訝《けげん》そうに見た。

これは運動会の音だ

喫茶店とゲーム

喫茶店を好きになったのは小学四年生の時だった。

当時の喫茶店は通常のテーブルの代わりにゲームのテーブル筐体《きょうたい》が設置されている店が多く、それぞれの席でゲームができた。

ゲーム自体はゲームセンターに行けばできたものの、当時のゲームセンターは今のように明るい雰囲気ではなく、暗くて怪しく、おまけに不良のたまり場で、行くことを禁止されていた。たとえそんな規則がなくても、なかなか小学生が行けるような場所ではなかった。

そのため、ゲームをするには喫茶店に行くしかなかった。もちろん喫茶店も小学生ひとりでは行けないから、父親が喫茶店に行く時についていくしかなかった。

店に入ると飲み物などどうでも良くて、コーヒーは飲めなかったからコーラフロートなんかを適当に注文し、すぐに百円玉を入れてゲームを始めた。インベーダーの人気はひと段落ついていて、ギャラクシアンやクレイジークライマーなどが置いてあり、どんどん進化していくゲームを見る度、胸がときめいた。

父親は店のマガジンラックにある週刊プレイボーイとか平凡パンチとかを読んでいて、そのグラビアを盗み見たい気もあったが、ゲームをしたい気持ちの方がいつも上回り、当時コロコロコミックで連載されていた『ゲームセンターあらし』から得た情報を思い出しながら必死でゲームをやったものだ。

喫茶店が好きになった理由はもうひとつあった。その店の娘が同じクラスであり、恋心を抱いていたのだ。そこに行けば会えるかもしれない、そんな淡い期待もあった。

その子は内地から転校してきて、店のマスターである父親と二人で暮らしているらしかった。今になって考えてみれば、家庭の事情がいろいろあったのだろう。都会から北海道の片田舎に引っ越してきた子であったわけだから、目立っていた。服も鞄も髪の艶まですべてが違っていたことを覚えている。

ある日、ゲームオーバーになった時、「あ〜あ」と声がした。見上げると彼女がいた。

「おしかったね」

「うん」

それが交わした最初の言葉だった。

店で見る彼女は学校で見るより気のせいか明るく見えた。彼女がゲームの話をしてきた。私もそれに応えた。いつしか私たちはずっと友達だったかのように話していた。でも学校では話さなかった。女子と話しているのを見られるのが恥ずかしい年頃だったためだ。

それから数か月後、季節が冬になった頃、今度は私が転校することになった。彼女とは特にお別れをしなかった。子どもだったためか引っ越しすることの実感があまりなくて、会おうと思えばいつでも会えるような気がしていた。しかし子どもにとって離れた距離は大きなもので、結局一度も会うことはなくて、私は新しい町の学校で友達もでき、その子のことは忘れてしまった。

先日、数十年ぶりにその町を訪れると、賑わっている記憶しかない町は、錆びついたシャッターだらけだった。屋根から雪が落ちる音しか聞こえこない静かな大通りを歩き、記憶を辿ってあの喫茶店を探したが、もうシャッターすらなかった。

大根が干されている夕方が寒い

ガチャガチャ

父親のおつかいで煙草を買いに行くことがあった。いつも行くのは小さな商店で、煙草以外にも食料品や日用品も売っているのに私たち家族は『煙草屋』と呼んでいた。二百円貰って、百八十円のたしか『チェリー』という銘柄の煙草を買うと二十円お釣りがきて、これがおつかいの駄賃となった。

この二枚の十円玉の使い道はひとつしかなくて、店の前に設置してあるコスモス社の通称ガチャガチャを回すことだ。二十円で一回回すことができ、絶妙な景品が出てきては、私は一喜一憂したのだ。

スーパーカーを筆頭に、西城秀樹（らしき人）、朝潮（らしき人）、ウルトラ怪獣（らしき怪獣）など、様々な消しゴムが集まった。人生で最も消しゴムと接した時期であったといえる。

ガチャガチャの消しゴムを実際に使用してみたことがあるが、どれも消しゴムとしての役割は果たせないものばかりで、特にスケルトンのスーパーカー消しゴムは最も使えなかった。宇宙戦艦ヤマトの消しゴムの先の方は文字を消せそうな雰囲気に満ち溢れていたがだめだった。『ヤンマーファミリーアワー　飛べ！孫悟空』というザ・ドリフターズの人形劇に出ていた加藤茶のキャラクターの消しゴムも使うと紙と消しゴムが黒くなるだけだった。

どうしても手に入れたい消しゴムを、友達のコレクションから盗む奴が現れた。お金を使わずにハンドルを回す方法を考えた奴もいた。裕福な家庭の奴はいつまでもハンドルを回し続けた。そいつからお金を奪う奴も現れた。それは私が初めて触れた社会の縮図であった。

なめ猫という暴走族の格好をした猫のキャラの免許証が流行った時にはこんなこともあった。

「俺、なめ猫の免許証を持っているぞ」

「見せてみろよ」

「ほら」

「なんだこれ、偽物だ！」

「偽物じゃないって」

「偽物だろ。『なめんなよ』じゃなくて『なめるなよ』と書いてあるじゃないか！」

ガチャガチャで入手した免許証が本物だと信じていた友達は、羞恥心《しゅうちしん》が怒りへと変わり、相手に殴りかかった。私は人生で初めて流血するほどの人間の争いを見た。

こうしてガチャガチャは私に世の中というものを教えてくれたわけだが、中でも「曖昧さ」という存在について最も学んだ気がする。本物もあれば、本物ではないものもある。当たりもあれば、初めから当たりなどない場合もある。イラストと同じものが出てくるとは限らない。消しゴムだが消せない。「曖昧さ」を学ぶことができ、幸せだったのかもしれない。

パスワードがわからず母の旧姓

逃げない猫

今では野良犬などまったく見なくなったが、子どもの頃にはよく見かけたものだ。道を歩いていれば何匹もいて、もうお馴染の野良犬もいた。私は野良犬を家に連れて帰って「飼いたい」と言って「だめ」と言われるドラマのようなこともしたことがあるし、校庭に犬が入ってきて教室のみんなのテンションが上がるといったあるあるもリアルタイムで体験した。

一方野良猫は今でも健在だ。もちろん当時もいた。

小学生の時、近所にキジトラの野良猫がいた。その猫のことを「トラ」と呼んでいる人もいれば、別の名前で呼ぶ人もいて、それぞれの人が世話をしたり、追い払ったり、無視したりしていた。

学校に行く時、帰り道、遊びに行く時、おつかいに行く時、見かけるたびに私はそばに寄っていくのだが、だいたいはじっとこっちを見て、一定の距離以上近づくと逃げていった。

十一月になり、雪が降った。雪は昼間解けて水になり、夜になってその水は凍る。そうして道は固い氷で覆われていった。

寒い朝、私はスケート選手を気取って滑りながら氷の道を歩いた。ふと足元を見ると、氷の中にあの猫がいた。凍死してそのまま氷の中に閉じ込められてしまったのだ。私が近づいても猫はもう逃げることはなかったが、怖くなった私が逃げた。

ネコヤナギに手を伸ばす幼児

札幌行き

教師だった父親が夏休みや冬休みの間、札幌に行っていた。たしか所持している教員免許とは別の免許を取得するためで、二、三週間くらい留守にしていた気がする。私も弟も同様に休みであったから、母親と三人で旅行を兼ねて父親のところまで行くことになった。行きは汽車に乗って札幌まで行って合流し、帰りは父親の車で観光をしつつ帰るという計画だった。

三人で乗車した列車はたしか『大雪』という名前だったと記憶している。朝起きてハイヤーに乗り駅へ行き、跨線橋を渡って急行が停まるホームに並んだ。列車が到着するや否や乗り込んで、自由席のボックスシートを素早く確保して家族三人で座った。席には青いモケットが張られていて、窓の下に小さいテーブルがあり、その下に灰皿と栓抜きがあったのを覚えている。

ある駅に着いた時、停車時間が何分かあるとのことでその時間を利用して母親が列車を降りて駅弁を買いに行くことになった。弟も連れて行くというので、自分も行きたいと言ったのだが、席の確保と荷物番を頼まれて残ることになった。

私は持ってきた漫画を読んで待とうと思ったが、これからさらに何時間も列車に乗っていなければいけないことを知っていたから、もっと暇になった時のために取っておくことにして、車窓から知らない町のホームを見て待つことにした。中央に花壇があって、ダリアやパンジーなどが色とりどりに咲いていた。しかし子どもにとって花は退屈なものでしかなかった。

時間は刻々と過ぎていく。駅弁を買ってすぐに戻ってくると思っていた母親と弟はなかなか帰ってこない。さっきまで人の出入りがあった車内も落ち着き始めている。私はだんだんと不安になって、焦りが大きくなってきた。周りを見渡すと知らない顔ばかりである。身を乗り出してドアの方を見るも戻ってくる気配はない。

もしも母親が汽車に乗り遅れてこのまま戻ってこなかったらどうしようと考え、まったく予期していなかった事態に泣きそうになる。様子を見に行こうか。いや、席を離れるわけにはいかない。でも、もしかしたら母親は汽車のことを忘れてしまっているのかもしれない。

乗客でもう立っている人はいなく、列車が動き出す気配しかない。もう間に合わないと不安が最高潮になった時、母親と弟が戻ってきた。私の心配をよそに平然としてる。あんなに心配したというのに、こっちの気持ちを何もわかっていなくて私はひとり不機嫌になった。

母親は駅弁とともにポリ茶瓶のお茶も買ってきていて、それは美味しいものではなかった。

冬の牧場に足跡がない

汽車通

高校一年生の時は『汽車通』であった。電車はなく、汽車に乗って美幌町から北見市の高校へと通っていた。

汽車通というのは北海道以外では馴染みがない言葉だったようで、上京した頃に「汽車通でした」と言っても通じないことに驚き、いちいち説明するのが面倒なので「電車で通ってました」と言っていたが、だんだんとまた「汽車通」と言うようになった。年齢とともに故郷を説明したくなったのである。

ほぼ一年間、汽車に乗った。汽車が来るのは一時間に一本くらいの割合であり、たしか網走《あばしり》から来る朝七時くらいの汽車に乗らないと学校に間に合わなかったはずで、朝はとにかく駅まで自転車を漕ぎまくった記憶がある。冬は父親の車で駅まで行った。あと覚えているのは、その時間の乗客はほぼ学生であり、シートが青色だったことくらいだ。

残念ながら、他のことをあまり覚えていない。汽車は何両編成だったのか、車両は暗黙のルールで学年ごとに分かれていたのか、それとも学校で別れていたのか、曖昧なことばかりである。

何よりも景色を覚えていない。春は春の、夏は夏の、秋には秋の、冬には冬の、毎日変化していく景色があったはずなのに、行きと帰りは明るさが違うために見える色も違っていたはずなのに、記憶がない。名前を知らない木、名前を聞いたけど覚えていない花、何を育てているのかわからない畑、何を作っているのかわからない工場、何も知らず、知ろうともせず、髪型を直し、制服を着崩し、誰かと音楽やゲームの話をして、漫画雑誌を読み、暇があれば寝ていた。曇ったガラスに指で書かれていた文字は読んでも、その向こうを見ていなかった。

ただ駅の切符売り場に掲げられていた運賃表には札幌よりも遠くの場所と金額が書かれていて、私はいつも足を止めてそれを見たものだ。でもすぐに同じ汽車通の同級生に名前を呼ばれて私は駆け出した。

歌えば口に雪虫が入る秋

原付の免許

高校生の時、原付免許を取りに行くことになった。特に必要ではなかったものの、周りの友人たちが取りに行くというので一緒に行くことにした。

学校では禁止されていたが、禁止されていることをすることが格好良いと思っていたし、免許証には大人の響きもあった。

早速原付免許用の問題集を買いに行くと、友人が「原付の試験で落ちた奴はいない」と言うので絶対に落ちるわけにはいかないと必死になって暗記した。

試験当日は平日で、学校へ行くふりをして家を出て、公園で着替えて郊外の試験場へと向かった。夏の名残はもうひとつもなく、空は秋の晴天。学校とは正反対の方向へと自転車を漕ぎながら、学校をサボる後ろめたさはまったくなく、秋の空気に包まれて、何か新しいことが始まるような、何かが変わるような、そんなワクワクしかなかった。

結局、一緒に受けた友人たちは全員合格し、私も無事合格し、原付の免許を手にした。落ちなかったことにただただホッとした。

免許を取ったはいいが、原付を乗り回すようなことはなく、そもそも乗るものを持っていないし、内緒で取ったのだから堂々と乗るわけにもいかない。それでも乗ってみたい欲求はあって、ある日隣町に住むいとこのスクーターを借りて運転することにした。公道を走ると目立ってしまうので、まっすぐな堤防の上を走ることにした。

どこのメーカーでもない分厚いカセットプレーヤーで、当時ただただ憧れ続けていたバンドの曲を聴きながら颯爽《さっそう》と走っていたが、堤防の上は舗装されていなく、かつ整備もされていなくて、突如現れた大きな石を踏みバランスを崩して転倒し、堤防の傾斜をそのまま滑り落ちた。

すぐに立ち上がり、誰も見ていなかったことを確認して安心した。こんな格好悪いところを見られたら恥ずかしい。

次にスクーターを堤防の上まで運び、どこも破損していないかを確認して安心した。借り物であるのだから何かあったら大変だ。

私は再びスクーターに跨がり、さっきとはうって変わって曲も聴かず、ゆっくりと安全運転で来た道を戻り、そっとスクーターを返した。

私は顔や手を擦りむいていたのだが、親には自転車で転んだと言い、友達には「喧嘩してさ」と嘘をついて格好つけた。

それ以来原付には乗っていない。車の免許証も取ってない。あの日取った原付の免許証が、不安定極まりない職業に就いた自分の身分を証明する唯一のものとなった。

校則を破って取った免許証のおかげで、TSUTAYAの会員にもなれたのだ。

内地の自転車が峠を下っている

花火の記憶

「今夜花火をしよう」

思いを寄せている女子から突然連絡が来た。私は喜び舞い上がり、そわそわした。花火は行く途中にあるスーパーで調達すれば良いとして、服はどうしようかと悩んだ。雑誌で見たミュージシャンの真似をして作ったダメージジーンズがあるが、故意にダメージを与えすぎたうえに、漂白しすぎていて黄ばんでるところすらある。しかしそれを履くしかない。上は国道沿いのカジュアルショップで買ったヘインズの三枚セットの白いTシャツがあるので、それでシンプルに清潔感を出すことにした。

高校三年生の夏休みは受験勉強をしなければいけない時期である。しかしまったく勉強をしていないから「いい加減にしなさい！」と親が怒ることが多くなっていた。こういう時はなるべく刺激しないのが得策であるから、夜に花火に行くなんて言わない方が良い。そこでこの問題はこっそりと出かけることで乗り切ることにした。

夜、二階の部屋で勉強しているふりをして、約束の三十分前に居間からテレビの音が聞こえてくる中、そっと家を抜け出した。音が立たないように自転車の鍵を開け、しばらく静かに慎重に押した。家から離れたところで自転車に乗り、思いっきり漕ぎ始めた。予定通りスーパーで花火を買って、ずっと立ち漕ぎをして約束の公園へと向かった。

町外れの大きな公園には、虫が集まっている灯りが点々とあり、あとは暗闇が広がっていた。待ち合わせ場所が近づくと私は立ち漕ぎをやめ、ゆっくりと漕いで、まったく急いでいないふりをした。

思いを寄せている子が立っているのが見えて、それだけで私は緊張してしまったが、そんなことは悟られないように「ああ、なんだここにいたんだ」という感じで軽く挨拶をした。

公園の中に池があるので、その側で花火をしないかと提案して移動を始めた。いかにも今思いついたように言ったが、ずっと考えていたことだった。

私は彼女とほとんど話したことがなく、何を話せば良いのかわからない。そこでいくつか話題を用意してきた。しかしその話題を池へと移動する時間で使ってしまっては元も子もない。とはいえ何も話さないのも良くないと思い、「暑い」とか「夜は涼しい」とかどうでもいいことを適度に口にして沈黙を埋めて乗り切った。

池に着いてからは用意してきた話題を一気に話して静寂が来て、これではつまらないと思われてしまうと「花火楽しい！」とわざとはしゃいで子どもっぽさを見せるようにしていた。それも慣れていないことであったから長続きせず、ついに会話はなくなり、まるでノルマをこなすように花火を消化していった。

そもそもなぜ突然花火に誘われたかわからない。その子には付き合っている男子がいるのを知っていたから、もしやその男子と何かあったのかと考えた。その男子のことを私は知らなくもないからもしかしたら恋愛の相談なのかもしれない。いや、それなら私より適任がいるはずだ。では別の相談か？　それならもっと私に相談する必要はない。もしかしたら彼女は私のことを好きになって……と自分に都合の良い理由を考えたりしていたら、ぼーっとしてライターを傾けてしまい、炎が親指の爪に触れてしまった。

「あっつ！」

「大丈夫？」

「大丈夫」

爪の辺りに痛みを感じたが、まったく平気なふりをした。

結局、買ってきた花火をすべて終えて、私たちは別れた。なぜ誘われたのかわからぬままであったものの、私には好きな子と過ごした充実感があり、夏の夜の空気も相まってテンションは非常に高かった。遠くにカエルの鳴き声と改造車の音を聞きながら、わざと蛇行しながらご機嫌で自転車を漕いだ。

そっと家に帰って部屋に戻り、明るいところで爪を見ると焦げて黒ずんでいる部分があった。痛みはあったがそれはそれで良かった。

二十年後、その子と会う機会があった。懐かしい話をして、それから派生したことをさらに懐かしがる時間が過ぎて一段落した時、なぜあの時花火をしたのか私は尋ねた。

「そういえばさ、夏に花火したよね」

「えっ？　してないよ」

「三年の夏だよ？」

「してない、してない。別の人じゃない」

なんと私の記憶は間違っていた。記憶の中で相手がいつの間にかその子に入れ替わり、年月とともにそのまま固定してしまったようだ。こういうことは少なからずあるもので年齢とともに増えている。きっと自分が気づいていないだけで間違っている記憶は他にもあるのだろう。

では私は誰と花火をしたのだろう。思い出そうとしても思い出せない。

女子だったはずだ。

いや、男友達だったのか？

もしかしたら私はひとりだったのではないか？

爪を見ると当たり前だがもう黒くはなく、花火をした証拠すらない。

自分が雪を踏む音だけ

クリスマスの足跡

一九八七年。私は高校二年生で北海道の片隅にいた。その町は山に囲まれた小さな地方都市で、川が一本流れていた。

ひょんなことからひとりの女の子と知り合いになった。当時、町には『黎紅堂』と『YOU&I』という貸しレコード店があって、そのどちらだったかは忘れたがレコードを借りて店を出た時にその子に話しかけられた。

「今借りたやつ、好きなんですか?」

出会いはまるで漫画のようだった。その頃の田舎では音楽の話をするにもメジャーなものに限られていたから、マイナーなバンドを聴く同じ趣味の人を見つけて嬉しかったようだ。その子は二つ下。つまり中三だった。

小さな町であったから放課後に行く場所など限られていて、その子と偶然会うことが増えた。彼女が好きなバンドの曲を録音したカセットテープを借りて、次会った時に感想を言う。そんな時間が続いた。

高二ではあったが、今思えば私は恐ろしく子どもだったと思う。彼女に会うことは楽しみである。一方で友達といる時に彼女が近寄ってくると嫌だった。彼女は中学校の制服だから、後で面白おかしくからかわれるのだ。露骨に「近寄ってくるなよ」と態度に出てしまったり、無視してしまったりすることもあった。

それでも彼女は臆することなく明るく話しかけてくる。本当に漫画の中の子のようだった。

十月の終わり、初雪が降った頃、彼女が「高校受験があるからしばらく会えない」と言った。そういうものだろうと私は思った。「でもクリスマスイブの日には川に来て欲しい」と言われ、約束した。町に大きな橋があって、その下に広がる川原を指定された。なぜ川なのかはわからず、彼女は橋の向こうに住んでいるからかなと思って、すぐに考えなくなった。

それから何度か雪が降り、ある日の雪が根雪となり、その日から四月まで町は雪に覆われることになった。

クリスマスイブの日は雪が舞っていた。灰色の空だったが、雲の向こうに白い太陽が薄っすらと見えた。私は頭や肩に積もる雪を時折払いながら、約束の川原へと向かった。

　橋の近くに別の学校の男が二人いて、川原を見下ろして「あいつ何やってんだ」と言っているのが聞こえた。私はたまたま通りがかったふりをしてさりげなく彼らの後ろから川原を見た。

　景色は一面の雪で、堤防の上の遊歩道も、堤防の傾斜も、川原も一面真っ白だった。そこにあったはずのススキも、雑草も、石も、エロ本も全部見えなくなっていた。川は流れていて、雪を崩して吸収した暗い水が見え、そこだけが白ではなかった。

　川原には彼女がいて、真っさらな雪の上を踏み均《なら》すように歩いていた。雪に負けないほどの白い息を吐きながらせっせと歩いて、時折ジャンプする。そしてまた歩く。彼女の足跡はクリスマスツリーを描いていた。それを私に見せたかったのだろう。やはり漫画の中の子のようだ。

「馬鹿みたいだな」

　男の声が聞こえてきた。私はなぜか無性に恥ずかしくなって、彼女に会うこともなく、家に帰ってしまった。

その夜、雪は激しくなって、目覚めると町のあらゆる足跡を消していた。

誰かが山菜を採った跡がある

曇り空でも飛べる

放課後。自分のクラスではない教室にいた。窓にもたれながら職員室に呼び出された友達を待っていた。

同じ制服の女生徒が不意に言葉を発した。「空を飛びたいと思う？」と。

そんな質問をされたならば人間は二種類の感情を抱くだろう。「夢がある人だ」と思うか、あるいは「紋切り型だ」と思うか。私は後者だった。空を飛びたいなんてことは、つまらない邦楽の歌詞で語られることだと思っていた。だから私は何も答えなかった。その女生徒とは選択授業で一緒になる程度で話したこともなく、名前もあやふやであった。

「空を飛ぶイメージをする時って、だいたいは晴れた空じゃない？」

彼女は続けた。もう話は終わったと思っていたので、私は面食らった。彼女を見るとこちらを見ていなかった。傍《そば》にいる人に聞かれても構わない形の独り言のようなものだったのか。

「だけど私は、曇り空でも飛ぶんだ」

彼女は制服を独自に着こなしており、鞄に付けたキーホルダーも個性的なものであったから、きっと変わったことを言うタイプなんだろうと決めつけた。それから彼女と接触する機会はなく、作る気もなく、卒業を迎えた。

上京してから好きな曇り空ができた。空一面に薄い灰色の雲が広がり、しかし雲が薄くてその向こうの太陽が白く見える、そんな曇り空だ。故郷では冬によくこの空を見ていたことを離れてから気づいた。白い太陽が見えるのに雪が降っている記憶がいくつもある。その空に少しでも似ていたら私は立ち止まり、他人に悟られないように見上げた。

故郷の曇り空を見たいがために飛んで帰りたい。なんという郷愁であろうか。

キタキツネ牧場の文字が見えてくる

檸檬を投げる

高校生の頃、梶井基次郎の『檸檬《れもん》』を読んで、意味もなく檸檬をひとつ買ったことがある。午前中、開店したばかりのスーパーで買い、学校には行かずに『無加川』という名の川の土手に行って、まだらに点在する綿毛もなくなったタンポポの上に座った。

私は買ってきた檸檬を見続け、梶井基次郎のように爆弾に見立ててみようと思い「もしもこれが爆弾だったら、もしもこれが爆弾だったら……」と頭の中で反芻《はんすう》していると、だんだんと手の上の檸檬が爆弾に見えてきた。

すると今度は「爆発したらどうしよう」と心配になってきた。今爆発したら確実に自分は死ぬ。二十代で死ぬことを美徳とはしているが、それにはまだ早すぎる。深く考えずに学校の机に書いた「TOO YOUNG TO DIE」という文字を思い出した。

とにかくまだ死にたくない。私は怖くなって檸檬を放り投げたくなるも、土手を下りたところに親子連れがいるのが見え、爆発であの親子に迷惑がかかってはいけないなと投げるのを止めた。人のいないところまで自分が運び、そこで爆発させようかと考えた。その場合、私が他人を守るために爆死覚悟で運んだということを誰かに知って欲しい。「勇気ある者よ！」と称《たた》えられたい。しかし現状では誰も私の行動を知ることはなく、さっきの親子でさえ知らない。爆死したところで、私はただ単に爆弾を持って走って死んだ変な人になる。

いや、その前に爆発はしないんだ。これは檸檬なのだ。檸檬がいちいち爆発してたら檸檬農家は大変だ。

しかし思い込んでしまったから、気になって仕方ない。

そうだ川に投げよう。あの大きな川の真ん中辺りに投げれば被害を最小限に抑えられる。私は川岸まで移動し、檸檬を思いっきり投げた。昨日の雨で水量が豊富な川に檸檬は落ちた。多分音はしたのだろうが、川の激しい流れに消されて何も聞こえなかった。

私はそのまま川を眺めていた。爆発らしいことは起こらなかったので安心して土手に戻り、鞄の中に入っていたヤングマガジンの最新号を開き、『ゴリラーマン』を読み始めた。

正吉が蛍に送った花が咲いている

夢の代償

　スイカをひとりで食べることが夢だった。母親が切ってくれるスイカを家族みんなで食べるといつも物足りなく、高校を卒業したら家を出て、ひとり暮らしをして、スイカを丸ごと食べるんだと決めていた。

　家を出て最初の夏。私はスイカを一個買ってきた。スイカを自分で買うのは初めてで、どのスイカが良いのかわからず、全部同じに見える中、母親がスイカをノックするように軽く叩いて選んでいたのを思い出し、一応叩いてから買った。叩いたからといって何もわからず、結局売り場で一番大きくて一番安いものを買った。

　帰宅するや否や、狭い台所でスイカを半分に切り、カレーを食べる時のスプーンでくり抜くように食べ始め、あっという間に半分は食べ終わった。続いて小さい冷蔵庫に無理矢理詰め込んだ残り半分を取り出し、同じようにスプーンで食べ始めたのだが、さすがにお腹いっぱいになってきて、食べるスピードがみるみる遅くなり、やがてまったく進まなくなった。それでも「何やってるんだ。夢を叶えるチャンスだろ！」と自分に言い聞かせ、無理矢理食べてお腹を壊した。東京に来て初めての夏の話であり、初めて自分で薬を買った日でもある。

夢はもうひとつあって、それは苺をたくさん食べることだった。母親が苺をひとケース買ってきても家族で分ければ数粒しか食べられなく、スイカ以上に物足りない。せめてひとりでひとケース食べてみたかった。

高校生の頃、深夜ラジオを聴くのが好きで、主に東京の放送局の番組を聴いていたのだが、なかなか電波が入らず、私は綺麗に聞こえる場所を探して、イヤホンをしたままラジカセ片手に家の中をウロウロしていた。

その日はなかなか良い場所がなくて、ついには外に出た。誰もいない夜。どこかかカエルの鳴き声が聞こえてきた。試しにイヤホンを外してみると、かなりの大音量であり、「カエルってこんなにうるさいものなんだ」と知った。

この時間にうろついているのは自分くらいで、それだけで優越感に浸った。家の周りをウロウロしていると、親が野菜を育てている小さな庭に電波が綺麗な場所があった。外国の電波も邪魔してこない。良い場所を見つけたと私はそこに腰を落ち着けることにした。

番組はフリートークが終わりネタのコーナーとなり、面白いハガキが次々と読まれていくのだが、夜中に外で笑うことはさすがに憚《はばか》られ、笑いを必死に堪《こら》えていた。コーナーが二つ終わり、受験参考書のＣＭや缶コーヒーのＣＭが流れている時、目の前に苺がなっていることに気づいた。私はそれを見ているうちに我慢できなくなり、一粒もぎ取って食べた。改良を重ねたものではない小さめの苺は野生的な味がした。しかしそれが美味しかった。私は二つ目を食べた。また野生的な味がした。三つ目を食べると、今までのとは違う味がした。まだ熟していない、青い味だ。夜がまだ明けていなく、色がよくわからなかったからまだ白いものを食べてしまったのだ。しかしそれはそれで美味しかった。四つ目、五つ目と食べているうちに止まらなくなりそうで、たくさん食べてしまうと怒られるだろうから、二十粒でやめることにした。同じ箇所からばかり採っていると、そこだけ苺がなくなってこっそり食べたことがバレてしまいそうで、株を変えてできるだけ散らして食べた。夜が明け始める頃には私は満足していた。苺をたくさん食べる夢が叶った夜だった。

ただ、洗わずに食べたために、激しい腹痛で次の日病院に運ばれた。後から聞いたところによると隣の家が除草剤だか農薬だかを撒いた後だったらしい。夢の代償である。

祖母が投げた雪玉の小ささ

どんぐり

私はどんぐりが好きだ。

　子どもの頃に住んでいた町にはカシワの木が多く、「柏」という漢字が入っている場所もあり、校歌の歌詞にも入っているほど馴染みのあるものだった。校庭にも大きなカシワの木があり、秋になると無数のどんぐりが落ちていてよく拾ったものだ。

　どんぐりは造形が良く、木の実以外何者でもない見た目が素晴らしい。殻斗と呼ばれる帽子のようなものを取ると、流線形で茶色いどんぐりが現れ、艶があって光沢があり、手のひらに乗せてじっと見つめていても飽きることがない。

　もちろんどんぐりはカシワの木だけではなく、ミズナラの木のものもあった。ミズナラのどんぐりの殻斗は大きいベレー帽のようで、カシワの方は帽子というよりウェーブのかかった髪型のカツラのようだった。他にも別の木のどんぐりがあったと記憶している。

どんぐりを親指と人差し指で摘まみ、指に力を入れてみても割れることはない。どんぐりは固いのだ。からかわれるとどんぐりを投げつけて武器として使う同級生がいて、当たると結構痛くて、そこでも固さを知った。

私はどんぐりを拾うと「これは食べられるんじゃないか？」と考えることがあった。子どもの頃に固い皮を剝いて初めて中身を食べてみた。イメージは父親がよくビールを飲みながら食べていたミックスナッツだったのだが、苦くて、まったく美味しくなくて、食べられるものではなく、すぐに吐き出したことを覚えている。しかし懲りずにそれ以降も何度か口にしたのは「もしかしてあの時食べたのがたまたま苦くて、本当は美味しいのではないか？」と思ってしまうからで、その度に苦くて吐き出した。

若い頃は「どんぐりを食べたら食費もかからないし、お腹も膨れるし、完璧だ」と思い、公園で拾ってまたしても食べることにチャレンジしたがダメだった。

そうしているうちにいい年齢になった。それなのに最近もどんぐりを食べた。これは「子どもの頃に美味しいと思わなかったものでも、年齢とともに食べられるようになり、むしろ美味しいと思えるようになる。たとえば大葉にしても茗荷にしてもそうではないか。ならばどんぐりも……！」という思いからである。もちろんそんなことはなく、美味しくないものは美味しくなく、食べられたものではなかった。

食べて吐き出すというこの行為、これからも何度かしてしまうことだろう。

ところで私のようにどんぐりを口にしてしまう人はどれくらいいるのだろうか。もしかしたら大勢いて、石を投げれば、いや、どんぐりを投げれば当たるほどいるのかもしれない。

灯油タンクの陰で猫が寝ている

鳴いた猫

高校生の頃、父親が猫を買ってきた。ペットショップで猫が「連れて帰って！」というような目をしていたから買ってきたんだと言っていた。私たち家族にとっては二匹目の飼い猫であり、最初の猫が死んでから二年経っていた。

新しい猫はペルシャ猫の子どもで、「血統書付きだ」と父は言っていた。血統書というものを見たことがなかった私はどういう形式のものなのか興味がわき「見せてくれ」と言うと、父は「後から送られてくるらしい」と答えた。私は、そういうシステムなのかと納得した。ちなみに、そのペットショップはそれからすぐに閉店し、血統書が送られてくることはなかった。そもそもペルシャ猫としては激安であり、当時のファミコンくらいの価格であったから、きっと父は騙されたんだろうと家族全員思っていた。とはいえ、そんなことはどうでも良く、血統書があろうがなかろうが猫はかわいく、皆でかわいがった。

その猫は我が家に来てから一度も鳴いたことがなかった。そのうち鳴くだろうと気楽に構えていたのだが、一向に鳴く気配はなく、もしかしたら鳴くことができない猫なのかもしれないと考えるようになった。

しばらく経って、父と私は猫に何かの注射を打つために動物病院に行った。猫は相変わらず鳴くことはなく、大人しく車に乗って流れる風景を見ていた。

しかし診察室に入り、医者が猫に注射針を刺した瞬間、猫が「ウギャーッ」と声を出した。初めて聞いた飼い猫の声。どうやら注射が痛くて、声を出すということを覚えたらしい。あるいは思い出したのか。どちらなのかはわからぬが、その日からまるで今までの分を取り戻すようにニャーニャー鳴きまくった。

私はその後家を出て都会で自由気ままに過ごして実家にほとんど帰らなかったから、猫ともほとんど会うことはなく、実家から「病気でもう死んでしまうかもしれない」と連絡が来た時も「まあ、寿命かな」くらいのことしか思わず、死んでしまった時も「ああ、そうか」という程度で悲しみはほとんどなかった。

しかし、そんな自分がなんだか無性に嫌になる時がある。

内地に就職した友が戻る六月

リアリティ

親におつかいを頼まれる。向かうのは著名な大型スーパーではなく、地域密着型の小さな店、例えば『スーパー田中』という名前ならば「田中さん」と呼ばれるようなスーパーである。そこは仏壇用ロウソクが充実しているようなスーパーであり、店の前には花や野菜の種が売っていて、夏になれば虫捕り網などが並び、秋になると漬け物用の道具が並び、やがて雪かき用の道具になるような生活感という名のリアリティで溢れている店だ。

店内に入ると全体的に照明が暗めで、まず生鮮食品が並んでいる。小さくて古いラジカセが置いてあって、そこから「大根が安い」とか「刺身がお買い得」だとか、このスーパーの関係者の誰かが録音した声が流れている。商品を一通り紹介してブツッと切れ、また同じ音声が聞こえる。

お菓子売り場には馴染みのない商品がずらりと並んでいる。どれもおばあちゃんの家にあるお菓子だ。寒天ゼリー、塩羊羹《しおようかん》、月餅《げっぺい》、カンロ飴。おばあちゃんしか常備しないラインナップ。私はそれをカゴには入れず、見て楽しむ。

惣菜コーナーにはかき揚げや天ぷらが充実している。ラップで包まれた手作り感溢れるおにぎりもある。冷凍庫には最近見ないアイスが入っていて、必要以上の冷気を放っている。

これらが相まって生まれるスーパーならではの香りを形成していて、記憶を刺激しどこか懐かしい気持ちにさせてくれる。

親に頼まれた電球と薄力粉をカゴに入れ、レジへと向かう。レジは二つ。どちらも数人待っている。私の前にはひとり暮らしを彷彿させる老人。カゴの中身は値引きされた刺身とカステラ。ここにもリアリティがある。

店内に業務連絡が響き渡る。レジ応援の要請。駆け足でやってきた店員が三つ目のレジを開け、「こちらへどうぞ」と列の客を誘う。数名がそっちへ移動するが、私は行かない。頑として今並んでいるレジで会計を済ませようとする。なぜならレジの女性店員は、私がかつて思いを寄せていた先輩だったからだ。

先輩は二つ上。私が中学一年生の時に三年生だった。学校で見ていた先輩は長い髪で大人びていて綺麗な人だった。ひとりでいることが多く、どこか近寄りがたい雰囲気もあった。学年が二つ違うと、部活が同じでもない限り接点は少ない。だから会話などしたことがない。何が好きで、何が嫌いかなんてことも知らない。どういうことで笑うのか、どういうことで怒るのか、知る由もない。そもそもあっちは私など知らないだろう。クールに見えるけど清楚で、ひとりで小説を読んだりしてるんだろうな、なんていう私の勝手な幻想に包まれたまま先輩は卒業していった。

その先輩がいる。私は久々に近くで見たかった。しかし前の人の会計が終了したところで予期せぬ事態が起こる。レジの交代である。先輩は無言で去り、おばさんの店員と交代した。残念ではあるが、先輩より数段速いレジさばきに圧倒される。きつめのパーマにリアリティがある。

買い物を終え、店の外に出る。風がないので大売り出しと書かれた赤いのぼりがなびいてない。入る時は気づかなかったが中学校の文化祭の手書きポスターが貼ってある。今年のテーマは『翼』らしい。

自転車置き場へ行くと、先輩が従業員出入り口の前で休憩していた。瓶ビールの箱に座っていて、足元に缶コーヒーと煙草とパチンコ情報誌がある。初めて見る先輩のリアリティ。

幻想をあっという間に破壊したそのリアリティは、何よりも純度が高かった。

ミニスキーで来たぞ

髪

初めて女性の髪を意識して見たのは中学生の時だった気がする。

席替えで念願の窓際になり、私の前に女子が座った。彼女の髪は肩を越えるくらいの長さだった。普段はひとつに結んでいることが多かったのだが、たまにそのままの時があった。

ツヤのある髪はまっすぐに伸びていて、鮮やかな黒髪だった。日差しがいつも白い曲線を作っていた。

私は授業中自然とその髪を見ることになった。もしも桜の木の下で、散った花びらが彼女の頭の上に乗ったとしても、音もなく滑るように髪を伝って移動していくだろう。雪も解けずに流れていくだろう。そんな空想をした。

手を伸ばせば触れることはできた。だけど、自分なんかが触れてしまえばその瞬間美しさがなくなってしまう気がした。それくらい尊いものに感じていたのだ。もちろん本当に触れたら触れたで別の問題が生じるのもわかっていた。

六月。梅雨のない道東。教室の窓から風が入ってきた。風はまず純白なカーテンを揺らし、次に彼女の黒髪を揺らした。

「風は自ら揺らすものを選んでいるのかもしれない」

そんなことを思った。

風はその後、男子生徒の異常なまでに長い襟足も揺らしたのだが、それは見て見ぬふりをした。

教室のストーブに火が入る朝

チェッカーズ

中学生の頃に住んでいたのは、人口二万人くらいの北海道東部にある小さな町だった。

中学一年生の時、チェッカーズがデビューして瞬く間に大人気となった。もちろん我が町でも例外ではなく、男女共に熱狂した。私もトップテンやベストテンを欠かさず見た。

当時はヤンキーが全盛で、私が通っていた中学校もヤンキーが多く、刺激的なことが多々あったものだ。

ヤンキーと一言で言っても様々なタイプがいて、何らかのセンスを持っているヤンキーというのがいる。やたらとイラストがうまかったり、異常に笑いのセンスがあったり、運動神経がずば抜けていたり、音楽を演《や》ってたりするヤンキーだ。そのセンスがあるヤンキーのイメージを抽出して混ぜ合わせ、具現化したようなものがチェッカーズだった気がする。

当時の私たちにとってチェッカーズはとにかく格好良かった。ポップでありながらも硬派であるという新しいスタイルを提示されたヤンキーたちはこぞって真似をした。その影響は計り知れず、我が町のヤンキーにもリーゼントやパーマ以外の選択肢を与え、襟足を刈り上げ、不揃いの前髪の一部を長く伸ばす髪型が流行った。

町の大通り沿いにあった美容室に行くと、そこの店主はいつもこう言った。

「いらっしゃい、チェッカーズかい？」

入店してすぐにチェッカーズカットにするのか、それともしないのかの選択を迫ってくるのだ。それくらい流行っていたのだ。

私はその話を初めて聞いた時、本当にそんなことを言うのかどうかを確かめに行ったことがある。ドアを開けるとカランコロンカランと喫茶店のような大きな鈴の音が響き、それが鳴り止むや否や「いらっしゃい、チェッカーズかい？」と言われた。「本当だ！」と驚きながらも、その言葉が若者に話を合わせようとしているように思えて、思春期真っただ中の私は少し嫌悪感を抱いたのを覚えている。

私はその後引っ越したのでそれからその店がどうなったのか知らない。時折当時を思い出し、まだその店が健在で、いまだに「いらっしゃい、チェッカーズかい？」と言っていたらどうしようと考えることがある。もしも昔と変わらず言っていたなら私は泣いてしまうかもしれない。もうそんな年齢だ。

そのまりもは偽物なんだよ

キーホルダー

古いブリキの箱がふたつあって、それには北国らしく『白い恋人』と書かれている。ほどよく経年を感じさせる箱のひとつを開けると、雑多に消しゴムが詰め込まれていた。どれもガチャガチャを回して集めたものだ。独特の香りが立ちこめ、タイムリープしてしまいそうになる。

もうひとつの箱にはキーホルダーが入っていた。旅行先で買ったものだ。観光地に行くと私はいつもキーホルダーを買っていた。どこの観光地のお土産売り場にもキーホルダーがあって、他にはバッジ（ピンバッジが多かった記憶がある）、絵はがき、ペナントなどがあり、近くに自分で日付や名前を刻印するメダルの機械もあったが、私はキーホルダーを買い、いつしか集めるようになっていた。

キーホルダーには観光地の名前が入っていてメタリックな色合いのものが多かったが、地名が着色されていたり、海や湖が青色で染められていたりすると、途轍もなく鮮やかに見えて、私はひとりで胸をときめかせたものだ。お土産売り場にズラリと並んだキーホルダーを全部買えるわけなく、どれかひとつ選ばなくてはいけなくて、毎回迷いに迷った。それは楽しい時間でもあった。

そんなキーホルダーの中に都道府県の形をしたものがあり、私は北海道の形をしたものを購入した。「もしかして、すべての都道府県の形をしたキーホルダーが存在するのではないか」と考え、「それらを集めて組み合わせると日本列島になるに違いない！」と想像して胸が躍った。実際、各都道府県のものがあって組み合わせることもできるようなのだが、当時はそのような情報を知る術もなく、まだ見ぬ土地のキーホルダーに思いを馳せ、いつかすべて集める日を夢見ていた。

しかしながらなかなか北海道以外の土地に行く機会がない。ひとりで出歩けるわけもなく、北海道から出ることは並大抵ではなかった。小学校の修学旅行は北海道の釧路であったから当然北海道の形のキーホルダーしかなかったし、中学校の修学旅行は札幌や函館で、これまた北海道の形のキーホルダーしかなかった。

高校の修学旅行は奈良、京都、東京だった。しかも青函連絡船に乗って本州へ渡るから青森を経由する。うまくいけば4つのキーホルダーが手に入ることになる。それなのに私は京都の嵐山や原宿でタレントショップのキーホルダーしか買わなかった。

今まで買っていた観光地のキーホルダーは格好悪いと思うようになっていたのだ。

それからすぐ平成になって、昭和テイストのキーホルダーは徐々に少なくなっていき、土地と人気キャラクターがコラボしたものが多くなった。

私はまだ北海道のキーホルダーしか持っていない。

山菜採る乗用車が停まっている

沿道には規則的に電柱が並んでいる。そのひとつに『演歌スター競演』のポスターが白いビニール紐で巻かれている。日付を見ると先月終わったものだ。多分このポスターは誰かに剝がされることなく、雨や風で朽ちていき、いつしか消えていくのだろう。地元の体育館で行われるプロレスの興行のポスターも同じように巻かれている。これもまた同じように朽ちていくのだろう。

町議か町長の名前が書かれた看板があり、私が通っていたところとは別の小学校が見えてくる。横断歩道には押しボタンがあり、横断の時に持つ黄色い旗を入れる箱があるが、旗は一本も入っていない。

郊外になるにつれ景色は緑が多くなっていく。

小さな川の名前が書かれた看板を過ぎると、トラクターを売っている店があって、何かの工場があり、材木が積まれている。やがて道の両側は畑となり、農家をやっている友達の家がある。だんだんと何もなくなり、舗装も雑になってくる。

私は走っている。だんだんと走り疲れてきて、長い距離を小分けにして進む方法に切り替え、「あの電柱まで」と自分に言い聞かせる。簡単な目標を設定し、それをクリアしていくうちにゴールへと近づいていく作戦である。

目標の電柱に到着し、私はそこで立ち止まることなく次の目標を決める。「今度はあの電柱まで」と、先にある電柱を目指し走る。

北海道の道路には積雪や吹雪《ふぶき》の時にどこまでが道路なのかを示す矢羽根と呼ばれる矢印がある。今度はそれを目標にした。

「次は白樺まで」

「次は小さな鳥居まで」

「また矢羽根まで」

こうして私はひたすら走り続けた。

これは部活動のための体力を付ける目的のジョギングでありつつ、同時に町の外れにあるドライブインに設置されていたエロ本の自動販売機で本を買うためでもあった。

まだダウンジャケットを着ている

戻ったなら

谷口ジロー氏の作品に『遥かな町へ』という漫画がある。五十歳近い主人公が中学生の頃にタイムスリップする話だ。その中に主人公が過去に戻ったことに気づかずに走り出そうとすると身体が軽すぎてバランスを崩して転倒してしまうシーンが出てくる。過去に戻る話は数あれど、このシーンほど好きな箇所はない。とにかくリアリティがある。実際に過去へと戻ったことがないのだから本当のことはわからないのだが、あの頃の身体に戻るのならそうなる気がしてならない。ちょっとした段差や柵なら平気で飛び越えることができていたあの頃に。今は飛び越えることは怖く、代償も大きい。

今の自分は明らかに足が重い。しかしそういうものだと生活していくうちに、いつしかずっとそうだった気になる。たまにマッサージをしてもらうと軽くなって、かなり重かったことを実感する。中学生に戻ったらマッサージ直後以上の軽さになるのだから、気持ちよりも身体が速く動いてしまい、前のめりになることは確実だ。もしも過去に戻れたら、転倒しないよう気をつけなければ。

もうダウンジャケットを着ている

みんな若い

過去に戻れたならば。私はいつもそれを考えている。私の人生は過去に戻ることを考えているか、それ以外をしているかのふた通りしかない。

私の頭の中には「まあ、いつか過去に戻るだろう」という考えがずっとある。特に確証はないのだが漠然とそう思っている。そのため絶えず「戻れるとしたらこの日にしよう」と考えていて、それは失敗したとか嫌なことがあった時などに設定される。いわばゲームのセーブポイントみたいなもので、後々好きなセーブデータをロードすれば良いと思っているのだ。ただ、もう何十年もそう思っているので、セーブデータの数は優に一万を超えているし、上書きされたものもたくさんある。

過去に戻れるとして、戻り方は三パターンある。

①外見、中身とも当時のものになる

②外見は当時、中身は今のまま
③外見、中身とも今のまま

断然②だと私は思っている。例えば高校生の頃に戻っても実際にはそこから三十年以上の人生経験があるわけだから、より良い立ち振る舞いができる。また、逆に後々のエピソードになるように、わざと失敗してみせたり、わざと悪いことをしたりする。ただそこにも人生経験が生きてくるから、度が過ぎることはせず、程よく笑えるようにする調整ができる。

①の場合、すべてが当時に戻ってしまうのだからその後の人生を何も覚えていないことになる。そのため今の人生と同じ過ちを繰り返してしまう可能性がある。③は周りは若いのに自分だけ歳をとっている状態であるから、どう振る舞えば良いかわからず途方に暮れそうだ。家族、友人、知人の若い姿を遠くから見て感傷に浸るしかない。声をかけたら不審者だ。

しかし②にも問題がある。中学生の頃に戻ったとした場合、そこにはテストと受験がある。高校を卒業してから勉強などろくにしていないから、忘れてしまっていることも多々ある。過去形とか現在完了とか、桶狭間《おけはざま》がどうしたとか、モルワイデ図法は面積が正しいとか、もう正確に答えられない。私は原稿を書く時手書きではないから年々書けない漢字が増えてきている。計算も種類によってはあやふやなところがある。

その部分を補うために、一定期間を思い出すための復習に費やさなければいけなく、それが夏休みなどで時間を確保しやすい期間であれば良いが、テストの前日に戻ってしまった日には太刀打ちできない。親に「未来から来たから、勉強に関することでいろいろ忘れてしまっているところがある。教科書を一通り読み直せば思い出すだろうから、少し時間が欲しい」などと言ったところで信じてもらえるとは思えない。

もうひとつ問題があって、二回目の人生であるから今よりもっと有意義なものにしたいと望みながら行動するため、徐々に前回の人生から枝分かれして別のルートへと移行する。そうすると、現在交流のある掛け替えのない人々と出会わない可能性が出てくる。その人と出会うためには、本来は変えたかった部分を変えないルートを選ばなければいけない。逆にそれをしたために二度と会いたくなかった人に再び会うことになったりもするだろう。どこまで妥協して、どこまで妥協しないのか、見極めが重要となってくる。それともまったく別の道を歩く覚悟を持ち生きていく方法もあるが、その道はやがて今の自分も知らない世界へと続き、どこかで失敗してしまい、今より悪い人生になるかもしれない。考えれば考えるほどわからなくなる。

そもそも今の仕事をしたいのか、したくないのかと考えたならば正直したくない。きちんと就職をして暮らしたい。ということは、やはりまったく別の人生を選ぶことになるのか。しかしどうしても会いたい人がいるし……。堂々巡りである。

いずれにせよ、戻った時に出会う両親は今の自分よりも若い。その姿を見ただけで号泣してしまうに違いない。「あんた、どうして泣いてるの」と問われた時の答えを必ず用意しておく必要がある。

知っている先生はひとりもいない

通学路

羽田空港に着いたのは午前六時だった。

浜松町から空港まではモノレールに乗った。私は窓際の席に座り、頭を窓ガラスにもたれかけた。このまま全体重をかけたら車両は簡単に傾いて落下してしまうのではないか？　空港行きのモノレールはいつもそんなことを考えさせる乗り物だった。

飛行機の出発時刻は午前八時。私はすぐに搭乗手続きをした。そのまま手荷物検査を受け搭乗口へと向かう。「ベルトを外してもう一度」と警備員に指示され、その通りにした。検査終了後、大きなガラスの向こうに何機もの飛行機を見ながら、私はベルトを締め直した。

搭乗口に到着すると六時十五分。出発まであと一時間四十五分もある。お腹に何か入れておこうと思い、売店があったのでおにぎりをひとつ買った。自動販売機で飲み物を買い、待合室の椅子に座った。設置されたテレビには朝のニュースが流れていた。

私はいつも空港に早く着いてしまう。なぜなら飛行機の乗り遅れが怖いからだ。私は時間に遅れるのが怖いのだ。

時間のみならず、私は些細なことが気になる性格《たち》だった。

例えば誰かと仕事で待ち合わせたとする。私は遅刻が気になり待ち合わせ場所に三十分前には着いてしまう。すると早く着いたことを隠さなければいけなくない。もちろん待ち合わせた人に対してだ。私よりも後に到着した相手に「もう来てたんですか?」と言われるのが恥ずかしくてたまらない。「早く来たってことは、この人は張り切っているな」と思われてしまう。決して張り切ってはいない。生まれてこのかた張り切った覚えはないし、張り切っていると思われたくもなく、そう思われるとろくなことがない。上手くやれば「おお、さすが張り切っているだけある」と言われ、失敗したならば「あれれ、張り切っていたくせにおかしいですね」となってしまう。特に新しい仕事の打ち合わせで「この人、こんなに早く着いて、相当張り切っているな。やる気に満ち溢れているようだ」などと思われてしまったら最悪である。失敗することはおろか、本当は乗り気ではないことを伝えることが難しくなることすらある。

そのため、早く着いてしまった場合は必ず身を隠す。少し離れた位置にある建物に逃げ込む。あるいは死角になる公園や路地裏に身を隠す。東口で待ち合わせした場合は西口、北口で待ち合わせした場合は南口に行くのが常である。東口で待ち合わせした場合、東口の喫茶店に身を隠すと待ち合わせ相手とはち合わせる可能性は大きい。店にいるところや店から出てくるところを見つかってしまうと「結構前に着いていたんだ」と解釈され、「張り切ってるな」と思われる。故に見つかる可能性の低い場所に陣取った方が良い。時間になれば、あとは少し遅れて行くだけ。この絶妙な遅刻のおかげで張り切っているとは思われなくなる。

とにかく、私は遅刻が気になり、目的地に早めに着いてしまうのだ。

今日も例外ではない。飛行機の場合、乗り遅れると何かと面倒だ。新幹線のように「ならば次に」と気軽にはいかない。時間にはより慎重になる。

そのため今日は二時間前に着いた。だからといって早いとは思っていない。たまたま始発電車の都合で二時間前になっただけで、日中だと三時間前くらいに着くことだってある。ただ、仕事の待ち合わせとは違い、待ち合わせ相手がいないので隠れる必要はなく堂々とできる。

私は買ったおにぎりを食べた。その間、何度かチケットを確認した。失くすのが怖いからだ。座ってお菓子を食べているだけであるから、チケットを紛失する要素はどこにもない。それでもチケットの有無が気になり、私は鞄を確認した。そう、私はいろいろと気になる性質なのだ。

しばらくしてアナウンスが聞こえ私はもう一度チケットを確認した。チケットには「女満別」と書いてある。私はこれから北海道に向かう。通っていた中学校がある町へ行くために。

空席の目立つ飛行機が離陸した。上空では中学校のことばかりを考えた。厳密には中学校の時の通学路のことである。

中学校は高台にあり、生徒の多くは校舎の北側から校舎へと続く坂道を上って通学していたが、当時私が住んでいた家は校舎の南側に位置する住宅地にあったために坂を上って通学したことはなく、多くの生徒とは反対側から学校へと通っていた。

その通学路は舗装されていなかった。舗装されている道を通って行くことは可能でも少し遠回りになる。舗装である必要性もなく、私は裏道であり近道である砂利道を歩いて学校へ通った。途中から砂利もなくなり、土を直《じか》に踏みしめて歩く。徐々に周りは樹木が茂り始め、林道と表現するのが適当と思われるような道になり、数分歩く。

やがて木々の隙間から校舎が見えてきて、防風林の間を通り抜けると、坂を上って来た生徒たちと合流し、賑やかになったものだった。

なんてことない、通学路の話である。誰にでもある思い出のひとつに過ぎない。それなのに考えてしまうのには理由があった。それは林道に入ってからの数分間についてである。どのような道を歩いていたかまったく記憶にないのだ。中学校の三年間、何度も歩いたはずなのに目を瞑《つむ》って家からの道をシミュレーションしてみても、途中で暗くなり、校舎が見える風景へとジャンプしてしまう。通学路の数分間がぽっかりと抜けているのだ。

しかも私は通学路のことを夢でも見る。年に数回は見る。夢の中で私は家を出て歩き始める。もちろん夢であるから、細かい箇所に毎回差異はある。それでも見るたびに共通することがあった。いつも途中で通学路が終わり、目が覚めるとその先に続く道を思い出そうと試みるもできない。その繰り返しだった。

ある日思い立った私は、中学校があった町の地図を見た。真っ先に住んでいた家を探すと、その辺りの建物は壊され、すべて新しく建て直されていた。住んでいた家も例外ではなく、もう存在していなかった。それでも道は当時のままであり、住んでいた家があったと思われる場所から指で通学路を辿ることは可能で、ここに公園があって、ここに友達の家があって、ここで左に曲がって、と進んでいくと記憶がどんどん鮮明になっていた。

ところが突然私の指が止まった。道が途切れていたのだ。地図に道がない。そこは夢でもいつも途切れる場所で、そこから先が思い出せない場所。地図を見れば何か思い出すという考えは、そこで終わった。

夢の中でも記憶でも、そして地図からも消えた通学路。私が歩いていたのはいったいどんな道だったのだろう。どうしても確かめたくなり、気づくと飛行機を予約していたというわけである。

機内アナウンスが聞こえた。もうすぐ着陸態勢に入るとのことで、ベルトを締めるようにと促された。窓の外にはもう雲がなく、上空から通学路を確かめられるのではないかと思い身を乗り出したものの、今見えている景色がどの辺なのかもわからず、諦めて着陸を待った。

空港を出ると冷たい風に驚いた。東京との気温差が十五度近くあると機内アナウンスで言っていたことを思い出す。私は鞄から上着を出して袖を通す。東京ではまだ必要のない厚手の上着で、袖を通すのはこの前の冬の終わり以来である。ポケットにはティッシュとその日観たらしい映画の半券が入っていて、一瞬、冬にタイムスリップした気分になった。

空港の外に設置されていた案内図でバスを探すと、目的の町へと向かうバスがなかった。どうやら廃止されたらしく、調べると移動手段はタクシーしかない。

乗り込んだタクシーの運転手に行き先を告げると、快い返事とともに車は走りだした。幹線道路ができたためバスがその町を通らなくなったと運転手は教えてくれた。カーラジオからローカル色豊かなＡＭ放送が聞こえていた。

「観光ですか？」

運転手の問いに私は「いいえ」と答えた。確かに観光ではない。

「帰省ですか？」

また質問が来た。しかし帰省ともまた違う。「通学路を見に来ました」と正直に答えたところで説明が面倒なことになりそうで、私は「昔住んでいたもので……」と答えを濁した。

濁した答えは運転手にとっては嬉しい返事だったようで、突如饒舌《じょうぜつ》になった。「いつ頃お住まいだったのですか?」と訊《たず》ねられ、西暦でだいたいの年代を言うと、「ああ、はいはい」と言った。「ということは、あの先生がいましたよね」と個人名を口にした。その名前を覚えていた私は「いました、いましたね」と心持ち楽しそうに言うと、「ということは……」と昭和五十年から六十年にかけての町情報が次々と飛び出した。そのたびに「そうです!」、あるいは「ちょっとそれは覚えていませんね」と答えた。

「私はもう六十九年もこの町にいるんですよ」

運転手がそう言って会話が止まった。私から話すことはなく、かといって突然の無言も気まずくて、景色に夢中になっているふりをして外を見た。景色は少しずつ懐かしい町に近づいていた。

駅で降りた私は、駅前にあった喫茶店のどれかに入って一息つこうと考えていたが一軒も残っていなかった。あの頃、輝いて見えた駅前は何もなかったのだ。仕方なく休まずにそのまま歩くことにした。当時住んでいた家までは三キロほどの距離。駅からほぼまっすぐの道で、途中町の中心地を通る道である。

まだ昔のままやっている店と、もうやっていない店と、空き地になっている店と、別の建物になっている店があり、私はひとつずつ確認するように歩いた。やがて友人の家がこの辺りにあるなと思い出して立ち止まると、突如懐かしさに襲われ、眩暈《めまい》に似た感覚を得た。道路が柔らかく感じるような不思議な感覚で、そのまま身を委ねたい心地よさを持っていた。

いろいろと気になる性格は子どもの頃からあった。当時も約束の時間に遅れることが怖くて遅刻ができなかった。遅刻して、もう始まっている何かに入ることができなかった。授業が始まっていたら教室に入れなかったし、学校行事が始まっていたら、そこに入ることができなかった。驚くほど真面目な子どもで、周りも真面目だと言ってくれるので、真面目を突き通さなければと考えていた。そのために、少しでも規定のルートから外れると、真面目ではないと思われそうで、遅刻してしまったならばいっそのこと休んでしまいたいと考えていた。そうすれば遅刻という事実はなくなるからだ。ただできれば休みたくはないし、遅刻したからという理由で親が休ませてくれるわけもなく、とにかく遅刻しないよう心がけた。

中学になって、私はその友人と同じクラスになった。友人は時間通りに来ることもあれば遅刻することもあり、自由気ままに生きているように見えた。今考えると、中学生の考える自由などちっぽけなものであるが、その小さな枠の中で、友人は枠いっぱい自由だった。

友人は遅刻してきても「すみません」と教室に入ってくる。すると「仕方ないな」と許されてしまう、そんなタイプであった。私にはそれが新鮮であり、憧れになった。

世の中には「できること」と「できないこと」の二つがあり、私は「できること」に関しては周囲の期待に沿えるよう完璧にできるよう行動し、「できないこと」もやるようにしていた。素直に「できません」と言えず、もしもできると期待されているようならば無理してでもやった。一方友人はできることはできるが、できないことは「できない」と言うタイプだった。本来そちらの方が当たり前なのだろうが、私にとっては衝撃的なことで、「できない」ことを「できない」と言うなんて信じられなく、なぜそのようなことができるのかと苦悩する私をよそに、友人は楽しそうだった。

私はふと友人の真似をしてみようと思った。できないことを「できない」と言ってみたのだ。すると一気に気が楽になったのを今でも覚えている。肩の荷が下りるという慣用句を実感した。周囲の期待からの解放感もあり、どうしてもっと早くこうしなかったのだろうと思い、私は「できない」と躊躇《ちゅうちょ》なく言えるようになった。

　やがて私はできることも「できない」と言い始めるようになり、わざとできないふりをするようになった。思春期になりかけということもあり、少しかったるさを出しながら「できない」と主張するのが格好良く思えた。面倒だからやらないといういい加減な感じを出し続け、やがてできるのにできないと面倒臭そうに言いながらもできる、という複雑な格好良さに変化した。「そんなのできねえよ」と言って一回格好良さを出してから、「仕方ない、やってやるよ」と実はできるというギャップを生み出す格好良さの二重構造だ。もちろん格好良いと思っているのは自分だけで、己のみの美学である。遅刻に対しても同様でわざと遅刻することを覚えた。少しくらい遅れた方が良いという美学を得たのだ。ただ、それまでの性格はそう簡単に変わることはなく、早めに着いて、どこかで時間を潰して、遅刻する方法をとり続けることになり、それは今なお私に息づいている。

　そんな友人と一緒に歩いた道を進んだ。

　町で一軒だけ変形学生服を売っていた洋服店はシャッターが閉まっていた。今日がたまたま定休日なのか、それとも潰れてしまったのかは知らない。閉店してしまったとしたなら、この町の学生はどこで変形学生服を買うのだろう。もう今の学生はそのようなものは着ないのかもしれない。あの頃、店の奥に飾ってあった長ランはどこに行ってしまったのだろうか。

よく行った本屋があって、四階建ての当時は何でも揃うと思っていた町のデパートはもう存在しなく、その先の小さな玩具店もなかった。何の店だったか思い出せない建物の壁のペンキが剝がれまくっていて、気づくとあっという間に町の中心だった場所を通り抜けていた。

ガソリンスタンドがあり、そこから長くて緩やかな坂になる。お祭りの時に見世物小屋を見た神社があり、交通安全と書かれた黄色い旗が定期的に現れ、滑り止め用の砂があった。昔からある民家の形が懐かしい。

坂を上りきると当時住んでいた地区が現れた。なんとなく身体が覚えていて引き寄せられるように歩いていくと、住んでいた家があった場所に辿り着いた。地図で確認していた通り建物はなかったが周囲の風景は面影を残していた。木や電柱はそのままで、その電柱にバスケットゴール的なものを自作して取り付け、練習した記憶が蘇ってきた。こうやって数十年後に訪れるのならば、根元にタイムカプセルでも埋めておけば良かったと思ったりもした。

建物が変わっていたことと、もうひとつ変わっていたのは、人の気配がしないことだった。時計を見ると十一時を過ぎていて、それなりに何かが活動していてもおかしくはない時間であるのに、寂れたとは違う、静けさに包まれていた。昔は絶えず何かの音がした気がする。あの頃いた人たちは何処へ行ったのだろう。

私は家の玄関だったと思われる場所に立った。ここでも先ほどのような眩暈に襲われた。浮かび上がってきた母親は若く、父親の車は随分前の車種で、弟は幼かった。

私はかつて毎日「いってきます」と言っただろう場所から学校へとゆっくりと歩き出した。同級生のひとりが住んでいた家は空き家になっていて、別の同級生が住んでいた家は取り壊されていた。小さな公園は遊具が少なくなって錆びついていた。それでも一帯を囲むように茂っている樹木は相変わらずで土の匂いがした。カシワの樹が自由に伸びていて、白樺の白さは昔感じていた色より際立っていて、白樺には白くない部分もあることを今さら知った。道に松ぼっくりが落ちていて私はそれを蹴ろうと立ち止まった。その瞬間、自分の足音が消えて無音になり、ほんのりとした恐怖すら感じた。松ぼっくりを蹴ると転がっていく音が点々と聞こえた。

一歩進むごとに記憶が輪郭を持ち始めてくるので、私は丁寧に歩いた。その輪郭が明確になるにつれて、今日何度か感じた眩暈のようなものに断続的に襲われ、一向に消えなくなり、立ち止まった。

同級生たちが現れるような気がしてきた。しかも昔のままの姿である学生服の同級生が後ろから駆け寄ってきて私に声をかけてくるような気がする。向こうの道を小学校に向かう弟が歩いている。当時の幼いままの姿。ひたすら無音であったこの一帯が通学中の生徒たちの話し声で埋めつくされてくる。眩暈は大きくなり、だんだんと私は慣れていく。

今歩いている道を左に折れ、すぐ右に曲がれば、夢ではいつも途切れ、記憶にはない道へと突入する。ここからはその道は見えない。対照的に道以外の記憶は次々と溢れてくる。どんどんと形を作り、私を囲み始めている。

「記憶にも地図にもないこの先に足を踏み入れれば、そのまま昔に戻ってしまうのではないか？」

にわかにある仮説が頭に浮かびあがる。実際にはこの地を訪れる前から漠然と感じていたことなのかも知れない。そのため、この奇妙な現象を振り払おうとせず、それに身を任せ始めているのだ。

立ち止まっている私を、他の生徒が追い越していく。自転車通学の生徒が被っているヘルメットが白い。女子グループの明るい声が響き渡る。あの日と変わらない朝の通学路だ。

もはや幻影とは思えない風景に吸い込まれていけばそのまま当時に戻れる気がする。戻れるならば戻りたい。戻りたくて今日ここに来たのかもしれない。戻りたい。戻れる。戻る。

名前を呼ばれた。

懐かしい声。

あの日、私に気楽さを与えてくれた友人の声。

誘われるように私は歩き出す。

左に曲がり、すぐに右を向いた。目の前に思い出せなかった道が広がった。今日一番の眩暈が起こることを予感して、自ら目を閉じた。抗《あらが》うものは何もなかった。

どれくらいの時間が経ったのかは定かではない。私はゆっくりと目を開けた。無音。何も起こってはいなかった。思い出が作り上げた風景は綺麗に消えていた。懐かしさを感じさせる風景に戻り、私は今の私のままだった。

目の前の道は人が踏みしめてできた細い道だった。これなら地図に表示されなくてもおかしくはない。記憶は完全に蘇り、頭の中は現実的になる。仮説はもうない。

やがて中学校の校舎が見えてきた。丁度昼休みになったのだろう、学校特有の喧騒が聞こえてきた。木と木の間のさらに狭い道を抜けると目の前には昔のままの校舎が建っていた。

眩暈に再び襲われることはなく、校舎の中に当時のクラスメイトや先生がいる感覚もなく、あるのはただ懐古のみ。

校舎の窓から見える教室には制服姿の生徒たちが思い思いの昼休みを過ごしており、それは私がいた当時とさほど変わらぬ風景である。

私は校舎を眺めて思い出に浸った。しかし傍《はた》から見ると不審者だ。校舎の中の生徒たちは「なんだあの人」と怪訝な表情を浮かべて、教員の何人かが玄関からこちらを窺っていた。私は慌てて立ち去り、中学校の敷地内から出た。

昔に戻れなかった私に居場所はなかった。

扇風機の向こうで茹でている姿

とうきび畑

ある夏の午後。玄関を出ると日差しが強く、あらゆるものがくっきりとしていて、電柱の影は黒さが際立っていた。

コンクリートブロック造りの同じ形の平屋が並んでいる公営住宅地を抜けると砂利道になり、進むにつれて雑草の緑が砂利の間を埋めていき、いつしか轍《わだち》以外は緑になった。

どこからか風鈴の音と高校野球中継の音が聞こえた。人がいないのは、北北海道代表の高校が試合をしているからかもしれない。歩くにつれそれは聞こえなくなって、遠くに蟬の声が聞こえるだけになった。

やがて目の前に大きなとうきび畑が現れた。とうもろこしのことを私たちはとうきびと呼んでいた。理由は知らない。大人がそう呼んでいるから呼んでいて、日本中どこでもそう呼んでいるものだと上京するまで思っていた。

まっすぐと育った濃い緑色のとうきびは幼い自分よりも大きくて、大人よりも大きかった。見上げると先端に穂があって、真っ青な夏の空が見えた。

時折通過していく緩やかな風がとうきびの穂を揺らしていた。私はとうきび畑の中を探検してみようかと考えた。テレビで『川口浩探検隊』を見たばかりだったので、その影響があったのかもしれない。

私は周りに誰もいないか確かめた。誰もいない。俄然探検気分が盛り上がり、鬱蒼と茂っているとうきび畑の中に足を踏み入れた。とうきびによって光は遮られていて、畑の中は暗くて少しだけひんやりとしていた。さっきまで頭の上に広がっていた夏の空が葉の隙間に見え隠れしている。土の匂いととうきびの葉の匂いが混在する中、私はジャングルをイメージしながらかき分けるように進んだ。

とうきび畑には私しかいなく、外部から隔離されている非日常な空間だ。どんどんと探検気分が盛り上がり、自分が発見した秘密の場所のような気がして、私はさらに歩きまわった。

ところがテレビ番組のように何か事件が起こるわけではなく、見たことのない生物が現れるわけでもなく、しばし歩き一通り堪能したところで飽き始め、冷蔵庫にスイカがあったことを思い出した。すぐに私の頭はスイカ一色になり、食べたくなって仕方なくなり帰ることにした。

しかしここで大きな問題が起こる。自分がどこにいるのか、出口がどっちなのかわからなくなってしまったのだ。三百六十度とうきびしかない。歩いても歩いてもとうきびがあるだけで出口のヒントは何もない。さっきまで平気だった薄暗さもひんやりした空気も土ととうきびの匂いも、すべて怖いものに変わっていった。蛇口をひねって水を出し、もっとひねると勢いが強くなって、止まらなくなったらどうしようと怖くなる時のような、焦りも加わった恐怖だ。

混乱した私は、ある程度進んでは不安になって別の方向へと進むことを繰り返してしまい、一向に出口を見つけることができなくなった。

徐々に夕方が近づいてくる。畑から出られない怖さに、帰りが遅くなって親に怒られるかもしれない怖さも加わり、恐怖が倍増した私は駆け出した。止まることもなく、引き返すこともなく、一心不乱に走り続けた。そうすればいつかここから出られるはずだ。とうきびの葉は意外と固く、私の顔に当たり続けたが気にすることなく進んだ。

やがて向こうに薄っすらととうきび以外の風景が見えてきた。畑の終わりだ。私は加速した。

視界が開けた。目の前にもうとうきびはない。草むらがあってその向こうには道路もある。道の脇にある赤と白のポールも見える。ついに脱出することができたのだ。

しかし草むらは用水路のような小さな川を隠していて、勢いよく飛び出した私はそのまま止まれずに落ち、靴は水浸しになり、しかも底がぬかるんでいたため泥だらけになってしまった。

私は傍に生えていたフキの葉を取り、それで拭いてみたが無駄だった。

傾いている廃屋が溶け込んでいる

化石

内田百閒の随筆に『琥珀《こはく》』という作品がある。作者が少年時代に琥珀を作ろうと穴を掘って松脂《まつやに》を埋め、しばらくして掘り返すのだがもちろん琥珀にはなっていなくて捨てるという話だ。これを読んだ時、私は幼少の頃を思い出した。

私は化石に興味があった。きっかけは父親が拾ってきた木の化石だった。山菜採りに行った時に見つけたらしい。それは片手でなんとか持ち上げられるくらいの大きさで、見た目は木なのに石のように重い。私は初めて見る化石に興奮し、しばし眺めていた。

やがて自分でも探してみたくなって父親に連れて行ってもらった。そこは山の一部が削られて崖になっていた。山は火山灰でできているようで、削られている箇所は採掘された跡であり、地層が露《あら》わになっていた。その崖の下に石や木の根などが散らばっていて、その中に木の化石も混じっていた。私は喜び勇んで拾い、父親が私の手の届かない地層の部分から採取したものを含め十個ほど拾って帰り、帰宅するや否や化石の表面の火山灰を水で洗い流した。すると水分が化石の表面を色濃くはっきりとさせ、それは元々木であったことを簡単に想起させた。

しばらくはその化石を見て満足していたのだが、他の化石も欲しくなった。恐竜の化石はこの辺りで発見されたという話はなかったし、そう簡単に手に入らないことはわかっていて最初から諦めていた。一方アンモナイトは町の資料館に展示されていたし、学校にも飾られていて、それに添えられている説明文を読むと、この辺りで採取されたものらしい。しかし、場所の見当はついたもののそこまで歩いて行けそうにもなく、自転車でも無理そうで、私は断念するしかなかった。

それでも化石が欲しいと毎日考えているうちに自分で作れば良いのではないかと思い立った。さすがにアンモナイトの入手は無理だとしても、貝なら食べ終わったアサリを使えば良い。私は朝食の味噌汁を食べ終わった後のアサリの殻を五、六個持って外に出て、庭の隅に潮干狩りで使った小さいスコップで十センチほどの深さの穴を掘り、その中にアサリを入れ、土をかけて平らにした。埋めた場所がわからなくならないように周りに石を置いた。当分はそのままにしておこうと思ったものの我慢できずに掘り返しては埋め、掘り返しては埋めを繰り返した。すぐに化石はできないことは知っていたが、何万年という時間はまったくピンと来ていなくて、もしかしたら何かの拍子で今この瞬間に化石になっているかもしれないと考え、また掘って、そして埋めた。そうしているうちにいつまでも出来上がらないし興味を失ってしまった。

とはいっても化石自体への興味を失ったわけではなく、やがて石全般への興味へと広がり、道東ではどこでも落ちていた黒曜石を集め、琥珀、石英等の鉱物も拾うようになった。集めて何をするわけでもなく、ただ並べて眺めていた。高校生の時に読んだつげ義春の漫画に石を売る話があって、自分も将来こうなるのではないかと漠然と思った。それは不安ではなく、ひとつの選択肢として自分の中にいつまでも残り続けた。そして今、刻々とあの漫画に近づいている。今も石を拾っている。

もしも地獄に行って鬼に石を積み上げることを命令されたとしても、楽しんで行えるレベルになったかもしれない。

「わかった、わかった。もういいよ。もうお前は積まなくてもいい！　楽しんでたら罰にならないよ！」

鬼のそんな声が聞こえてくるようだ。

全道大会出場の横断幕に知らない名前

石

子どもの頃に『雨垂れ石を穿《うが》つ』という諺《ことわざ》を知った時、強烈に浪漫を感じた。雨垂れが当たり続けることによって硬い石に穴が開くというのだ。子どもにとって石は絶対的に硬いものであったし、危ないものでもあって、雪合戦の玉の中に石を入れるなど卑劣極まりない行為であるのに、その石に水滴が穴を開けるというのだから「そんなことがあるのか！」と私は驚き、私の心をガッチリと摑んだ。

私は実際に作ってみようと思い、当時住んでいた家の物置の屋根の下に大きめの石を置いた。雨が降るとその石に水滴が当たるようにしたのだ。最初の雨の時に最も水滴が当たる場所を探して、石の位置を調節した。石に穴が開くことを考えると気分が高揚して、いつまでも眺めることができた。

その日から雨が降るたび私は石を見に行った。石に雨が当たっていると安心し、水滴が多い箇所が変わっていればそこに移動した。同じところに当たり続けないと意味がないため、微調整も欠かさなかった。なかなか雨が降らない時はやきもきして、ジョウロを持って物置の屋根に上り、水を流して人工的な雨を降らせた。しかし当たり前だがそう簡単に石に変化は現れない。ジョウロの回数をいくら増やしてもダメだった。

ある日、学校帰りに雨が降ってきた。傘を持ってなかったのでそのまま歩いていたのだが、私はふと『雨垂れ石を穿つ』を思い出し、このまま雨が当たり続けていたら自分の頭に穴が開くのではないかと考え始め、全速力で走って帰った。

石はいつの間にか親に片付けられていて、探すと漬物石になっていた。

お菓子の家に薄荷《はっか》はあるのか

土曜日のよう

一週間でどの曜日が好きかといえば、やはり土曜だろうか。土曜の素晴らしさに敵う曜日はない。

私が学校に通っていた頃、土曜日は午前で学校が終わった。「午前に学校がある」という事実より「午後から休み!」という喜びが大きく、特別な日だった。

土曜日は他の曜日と違った。いつもは二十時には寝なければいけないのに、土曜日は特別に二十二時まで起きていて良く、ゆっくりと寝仕度をすれば二十二時からの『ウィークエンダー』という番組も横目で見ることができた。何より土曜日を感じさせてくれるのは昼食だ。平日は給食を食べているからもちろんのこと、日曜の昼食ともまた違う。どこかありあわせ感があって、どこか急いだ感があって、どこか雑な感じもあって、時にはいつもは料理しない父親が作った乱暴さもあって、小さな非日常感にワクワクしたものだ。

食べるのはインスタントラーメンだったり、いろいろ混ざったチャーハンだったり、味の濃い炒め物だったりと、栄養無視のジャンク感漂うご飯が楽しみで仕方なかった。今でも、その手の料理を見ると「土曜日のご飯みたい」と口にするが、そのたとえは通じなくなっている。

スキー板だけ滑って泣く

怖い

私はとにかく怖がりで、子どもの頃怖いものはたくさんあったが、最も怖かったのはお化けだった。

最初にお化けに触れたのは絵本だ。せなけいこさんの『ねないこ　だれだ』である。たしか親戚の家にこの本があって、普通の絵本のつもりで読んでいたら衝撃のラストが待っていて、とにかくお化けが怖くなったのを覚えている。同時に早く寝ることを心がけるようにもなった。

特に私が小学生だった昭和五十年代は何かとお化けに触れる機会が多かった気がする。雑誌で心霊特集をよく見たし、怖い漫画もあったし、テレビでは昼間から『あなたの知らない世界』を放送していた。学校に行けば放課後に女子がコックリさんをやっていて「指を離してしまった！」と泣き始めるし、駄菓子屋には『おばけカードけむり』（『ようかいけむり』もある）が売っていた。心霊とはまた別ではあるがＵＦＯ

や超能力やUMAなども氾濫していた。ちなみに『おばけカードけむり』自体は怖い玩具ではないのだが、パッケージのイラストを夜に見ると怖かった。

そんなに怖いのならば何も見ないようにすれば良い、という意見はまったく無意味なもので、子どもは心霊に興味があり、私も興味が人一倍あったものだから、あらゆるメディアを積極的に見て、貪欲に情報を集めた。自分の中ではもはや現存するすべてのマリア像は涙を流すものであり、すべての日本人形は髪の毛が伸びるものになった。

熱心に仕入れた心霊情報で頭がいっぱいになっていても平気なのは夕方くらいまでで、そこから夜になるにつれて恐怖が徐々に大きくなっていく。布団に入り、寝ながらでも消せるようにと延ばした蛍光灯の紐を引っ張って灯りを消すと部屋は恐怖以外なくなる。私は昼間に心霊写真を見まくったことなどを激しく後悔したものだった。

暗闇は怖い。だからといって灯りをつけっぱなしにしておくと親に怒られる。そこでナツメ球だけを灯す。すると暗闇は消え、部屋の中が見えるようになる。これなら怖くないように思えるがそうではなく、明るくなった分、天井のシミやタンスの木目が見え、それが顔のように見えてくる。ずっと何とも思っていなかったのに顔だと意識した途端怖くなる。心霊写真だと言われてもどこに心霊がいるかわからないうちは良かったのに、白い線で心霊を明確にされた途端怖くなるようなものだ。

部屋には絶対に見たくないものがあった。私は読書をする子どもではなく、図書館に行っても数多く並ぶ本の中から漫画の要素を探し出し、『はだしのゲン』や『よりぬきサザエさん』、あるいは漫画で覚えるタイプの日本の歴史の本などを読んでいた。親はやはり私に読書をして欲しかったようで、ある日家に帰ると真新しい本がたくさんあった。どうやら母親が児童文学全集を買ってくれたらしい。町の小さな本屋に置いてあるとはとうてい思えないので、きっと通販で購入したのだろう。今考えるとそこそこの値段がしたとも思う。白を基調とした真新しい全集を母親が私の部屋にあった本棚に並べてくれた。その光景は圧巻で、なんだか大人になった気がしたものだ。

しかしそれだけで私は満足してしまって読書することには結びつかず、背表紙に赤で書かれたタイトルを見てはそれがどんな内容なのかを考えるだけの毎日だった。『小公子』と『小公女』というのは似たような話なんだろうか？　『ベニスの商人』はなんとなく商人の話だとわかるが、『にんじん物語』や『ひみつの花園』って何だ？『彦一とんちばなし』というのは漫画っぽくて面白そうな気がするからいつか読むことになるかもしれない。

そうやって時間があれば眺めていたところ、ふと一冊の本が目に留まった。そこには『耳なし芳一』と書かれていた。タイトルだけですでに怖く、話の内容をすでに知っていた私はさらに怖くなった。

夜になると『耳なし芳一』の背表紙を見るのが嫌で、本棚をできるだけ見ないようにしていた。本棚の本がすべて『彦一とんちばなし』だったら良いのにと何度思ったことかわからない。いっそのこと『耳なし芳一』をどこかに隠してしまおうと思ったのだが、今度は隠した場所が怖くなるだけだ。例えば押し入れに入れれば今度は押し入れが怖くなるわけで、恐怖を取り除いたことにならない。弟に隠してもらって自分はどこに『耳なし芳一』があるのかわからない状態にするのはどうだろうとも考えたものの、その場合不意に見つけた時が怖すぎる。何より隠したはずなのに目覚めた時に枕元に戻ってきている、なんてことが起きたらもう終わりだ。それ以前にまず手を触れることすら呪われそうで嫌だった。ならばこのままにしておいた方が良い。

昼間は「そもそもなんでお経を耳に書き忘れたんだよ」と思い、「芳一も『あれ？耳に書かれてないな』ってわからなかったのか？」「書く方もちゃんと確認すべきなんだよ」なんてことも思い、そうするとだんだん腹が立ってきて怖さが消えるものの、夜になると怖くなって「昼間、変なこと考えてごめんなさい！　全部嘘です！」と震えて謝った。私は『耳なし芳一』の本と暮らし、ある時は戦い、ある時は打ち勝ち、しかしすぐに負けることをしばらくの間繰り返した。

そんな『耳なし芳一』がナツメ球をつけることによって見えてしまう。ならば灯りは消した方がまだましである。

暗闇の中、私は横を向いて寝る。目は強く閉じる。目の前にお化けが出てきたら困るからだ。絶対に目を開けてはいけないとそればかり考えるから、眠るどころではなくなる。

すると今度は背後にお化けがいたらどうしようと思う。背後をガードするには、仰向けで寝れば良いのだが、私は上を向いて寝ることができなかった。上を向いたとしても、怖い本に載ってた天井にいる妖怪を見てしまうかもしれないし、時折軋む音は絶対お化けのせいだし、何より横を向いて寝るよりも部屋を広く見渡すことができるからその分お化けを見る確率も上がってしまう。それならば自分で寝やすいと感じる横向きを選択した方が良い。

もちろんうつ伏せで寝る方法もある。顔が枕に密着するので何も見なくてすむ。それは良い。しかし背後は完全にがら空きになるわけで、おまけに息苦しくなるので早々に却下となった。

横向き……△
仰向け……×
うつ伏せ……×

よって横向きを選択するのが得策なのである。

とはいえ、横向きも◎や○ではなく△であることからもわかるように決して万能ではなく、恐怖から身体に力が入ってしまい、やけに自分の心臓の音が気になってきて、だんだんと疲れてくる。そうなると体勢を変えたいと思い始め、一度そう考えると我慢できなくて逆方向へと寝返りをうつのだが、この時ももちろん絶対に目は開けないし、素早く行う。しかしまた背後が気になってきて、恐怖は一向に衰えない。

そこで子どもながらに考え出した方法が『布団に潜る』である。自分の身体をすべて布団で覆い、外界と自分を遮断する。これにより今までどこからか自分を見ていただろうお化けから姿を隠すことができる。また、部屋の中をお化けが歩きまわっていても、布団の中なら見えないから目を開けることもできる。安全地帯に入ったようで、気分的にはかなり楽になる。

ただし注意すべき点がひとつあり、必ず全身が布団で覆われている状態にしなければいけない。例えば足が布団から出てしまったら、お化けに足を引っ張られてしまうからだ。布団はいわば結界であり、そこから絶対に出てはいけない。そのためできるだけ身体を小さく丸めて潜ることになる。枕返しという妖怪が来たら困るから、枕共々潜った方が良い。

横向き……△
仰向け……×
うつ伏せ……×
潜る……◯

しかしこの布団の結界にも欠点があって、それは時間が経つと息苦しくなることだ。そこで私はほんの少し（お化けには気づかれない程度）だけ口元の布団をめくりあげ、そこを空気穴にして新鮮な空気を吸うことにした。これでしばらくは安全だ。すると今までのお化けとの駆け引きや攻防の疲れからか、いつの間にか眠りにつくことが多かった。

時には眠れないこともあり、せなけいこさんの絵本を思い出して「早く寝ないと！」と焦り、そうなると逆に目が冴えてしまう。時間が経つにつれて布団の中は暑くなって、我慢できずに布団から出てしまうこともあった。これにより結界はとけてしまうわけで、安全なシェルターから自ら外に出るようなものなのだが、布団から出た瞬間、部屋の空気が気持ち良くて、一瞬恐怖を忘れたものだ。しかしまたすぐに恐怖は蘇り、さっきよりも暗闇に目が慣れているから灯りがなくても天井やタンスや本棚も見えてしまうようになっていて、慌てて目を閉じ、また同じような行動を繰り返すことになる。さらに時間的に「恐怖新聞が届いたらどうしよう」という別の恐怖が増える。夏は潜るとさらに暑かったし、潜ったとしてもタオルケットであるから、結界が薄くて心許《こころもと》ない。それなのに夏はお化けのシーズンである。完全にこっちが不利だ。何かで読んだ「良いお化けもいる」という漠然とした情報だけを頼りに頑張るしかなかった。

あまりにも恐怖に太刀打ちできなくなると親に「お化けが怖い」と正直に話した。するとたいていは「お化けより生きている人間の方が怖いんだよ」と言われて終わった。お化けの方が怖いに決まっているのに何を言っているんだろうと思ったものだ。写真に生きてる人が写っていてもそれは普通のことで怖くないではないか、心霊だから怖いのに、と。

ところがある日午後三時からやっていたワイドショーの心霊写真特集を見ていたら、専門家の人が心霊を指して「これは生霊です」と言っていて、生きている人の霊もあることを知り、「母親が言っていた生きている人の方が怖いっていうのはこのことなのか？」と考えたものだ。

古ぼけたサイロの取り出し口が暗い

白骨の死体

町の外れにある雑木林から白骨の死体が見つかった。両親が話しているのを聞いたところによると殺人事件らしい。そういったことはドラマの中の話だと思っていたし、子どもの自分にはまったく関係ないことでもあり、事件に対しては何の感情もなかった。そもそもなぜ人を殺すのかもわからないほど幼かった。その頃はよく銭湯に行っていて、そこには指名手配犯のポスターが貼られていて、その人たちがどれくらい悪いのかよくわからず、そのうちの一人である『独古勇《どっこいさむ》』という名前の響きが面白くて笑った。ただ、その死体が発見された雑木林の前の道路を車で通る時に、お化けが見えたら嫌なので目を閉じることは忘れなかった。

すぐに私は白骨死体のことなど忘れ、野球や漫画に夢中になり、平穏な日々が続いた。

それから数か月後だっただろうか、学校が終わり家に帰ると玄関にチラシが置いてあった。町内の催し物の案内のチラシか、それとも母親が新聞のチラシを置きっぱなしにしたのだろうと思い、いずれにせよ自分には無関係だろうと気に留めなかった。靴を脱ぎ、家に入ろうとした時、ふとチラシが目に入って、それが何のチラシかを知って凍りついた。それは雑木林で発見された白骨死体の情報を募るチラシだった。そこに印刷されていた写真は頭蓋骨から復元された顔で、「この人を知りませんか？」と書かれていた。

女性の顔にはもちろん生気はなく、人形に対して感じるような怖さと、何か無念を感じさせる表情の怖さがあり、こっちをじっと見ているような気がして、私は逃げるように家の中に入った。

ところがいつもいるはずの母親は買い物に出かけたらしく誰もいない。家の中はやけに静かで、時計以外何も動いていない。すべてが張りぼてのように思えてきて恐怖は増していくばかりだ。慌ててテレビをつけるも時代劇と相撲しかやっていなくて、子どもにとって何も楽しくない番組であり、恐怖を打ち消してはくれない。淡々としたCMはそれはそれで怖く、当時よく表示された『しばらくおまちください』の画面を思い出して恐怖は最高潮に達した。まさか夕方がこんなに怖いなんて思ってもいなかった。

「外に出よう。外なら誰かがいる。この時間なら豆腐屋さんもいる」

しかし玄関にはあのチラシがある。あの顔はもう見たくない。

玄関に行くのも家の中にいるのも怖い。どうすれば良いのか考えに考え抜いて、結果一階の窓から外に出ることにした。靴がないがそんなことはどうでもいい。私は脱出し、裸足のまま玄関の前まで建物を迂回するように移動して、誰かが帰ってくるのを待った。外は豆腐屋さんのラッパが聞こえ、どこからか子どもが遊ぶ声や生活の音も聞こえてきて日常を感じ、元の世界に戻ってきたような気持になった。しばらくして帰ってきた母親に「裸足で何やってるの！」と怒られたので、玄関のチラシのことを言ったらまた「生きてる人間の方が怖い」と言われた。

高校卒業後、家を出て自堕落な生活になると昼夜逆転して夜に遊ぶことも増え、夕方は起床する時間になった。あの日怖かったものとは別の夕方になった。その頃になるとやっと生きている人間の方が怖いということがわかってきた。雑木林の死体の身元は結局わからず迷宮入りになったらしい。あの女性は私以上に生きている人の怖さを知っていたに違いない。

汽車の本数が減って時刻表の空白

住んでいた

昔住んでいた場所を訪れる。私にとってそれは珍しいことではない。

ただし頻繁にはやらない。懐かしさに浸りたくて行くのだから、短い期間で何度も行くものではない。まず懐かしさポイントをマックスまで貯める必要がある。それには時間をおくことが最も良く、自然と貯まっていく。ポイントがマックスに、仮に最大値が十だとしたら、十になって初めて赴く。すると現地に着いた途端、眩暈がして倒れてしまいそうになる。同時に「ああ、これこれ！」と思うのだ。

もしもポイントを最大まで溜めずに、五ポイントくらいの状態で行ったとしても、まったく懐かしくないということはないが、感動はほぼないと思って良い。せっかく来たというのにすぐに飽きて別の場所へ行きたくなる。しかも訪れた時点でポイントはゼロに戻ってしまうからまたやり直しとなるのだ。

昔住んでいた町の駅で降り、暮らしていたアパートを目指して歩く。一歩一歩近づいていくにつれて記憶が蘇り、はっきりとしてくる。その頃によく会っていた人とか、その頃に聴いていた音楽とか、その頃の生活リズムなども思い出す。ここであんな話をしたなんてことすら思い出し、「なぜあの時……」と後悔したり、苛立ったりもする。それらが止め処《ど》もなく大きくなった時、住んでいたアパートに到着する。当時と同じ建物の前で私は立ちすくむのだ。

高ぶった感情が落ち着いたなら、今度は怪しまれないように建物を観察し始める。何か変化はないかチェックし始める。ここは注意深く行動しなければいけない。端から見れば不審者に見えることを決して忘れてはいけない。「何をしているんですか？」と問われた時、「いえ、怪しい者ではないです。昔、ここに住んでいた者です」と言ったところで「ああそうですか」とは絶対にならない。こちらの郷愁など誰もわかってくれないものだと思っていた方が良い。

建物のチェックが終われば続いて自分が住んでいた部屋を見る。誰か住んでいれば「私が住んでいたところだぞ」と謎の優越感を得て、誰も住んでいなければ「なぜ誰も住まないんだろう」と心配になる。

当時と外見は変わっていないが、玄関の横の洗濯機は違う。もう二層式ではない。

その脇にガスメーターがあって、それにかけてあるビニール傘も違う。表札はもちろん違う。

怪しまれないように今度はベランダの方へとまわる。物干し竿は自分の時のものと違う。透けて見えるカーテンも違う。私がいた面影はない。

しかし、室外機は新しくないことに気づく。むしろ古い。私が使っていたものなのかもしれない。ということは、エアコンは同じものなのか。

東京に出て来た頃、夏はもちろん北海道よりも暑かったがエアコンがないと過ごせないことはなかった。まだエアコンが贅沢品だという意識があった時代で、エアコンが付いていない物件も多く、安く借りられる部屋はまずなかった。

しかし、ある年の夏が異常に暑くて、我慢できなくなった私はタイミングよく何かの原稿料が入ったので思い切ってエアコンを買った。当時はかなりの決断だった。ウインドウタイプの方が安かったが、どうせならと通常のエアコンを買った。業者に取り付けてもらったエアコンは新しくて近代的で、古い部屋の中で最も白かった。

それから数年後に引っ越すことになり、次の部屋には最初からエアコンがあったので、買ったエアコンはそのまま置いてきた。

そのエアコンがまだある。

「あなたの部屋のエアコン、私が買ったものなんですよ！」

今の住人にそう言いたいが、言わない方が良いことはわかっている。

アパートの他に、母校や家族で住んでいた住宅も訪れたいのだが、どれも当時の状態で残っていなくて、建て直されているか、あるいはもうなくなっている。

「私が懐かしさに浸りに行くんだから、残しておいてくれればいいのに！」

行政にそう言いたいが、それも言わない方が良いことはわかっている。

薄荷の香りのする駅で待つ

光を意識する

光を最も意識するのは正月だ。厳密に言えば大晦日から元日にかけて。それは初日の出の光ではない。小林幸子の衣装の光でもない。アパートの窓の灯りだ。

年が暮れていくにつれて、厄除け大師のＣＭの数と反比例するようにアパートの灯りは減っていく。

大晦日の夜。自宅へと帰る道すがら、一軒のアパートを見る。ひとつだけ灯りがついている部屋がある。あの部屋の住人は帰省しなかったのか、なんてことを考える。

少し歩くとさっきよりも綺麗なアパートがある。今度は灯りがふたつ。どちらの部屋の住人も東京で年を越すのだ。

立派なマンションを見上げる。灯りはいくつもついている。ファミリーが多いのだろう。ここがもはや故郷なのかもしれない。

住所を言う時に恥ずかしくなりそうな名前のコーポがある。そこは灯りがひとつついている。あの部屋の住人も帰省しないのか。

ふと、別の考えがよぎる。あの灯りはただの消し忘れかもしれないと。住人は帰省しているのに、灯りだけが煌々とついているパターンだ。電気代がもったいない。せめてエアコンは消してありますようにと願わずにはいられない。帰宅した時にエアコンの消し忘れを知るなんて、絶望でしかない。

数歩進むと、別の考えも浮かび上がる。もしかすると住人は死んでいるかもしれない。事件なのか事故なのか今は知る由もないが、後々私が目撃者として「大晦日の夜は電気がついてました」と証言することになる可能性はある。ならばある程度正確な時間を覚えておこうと時計を見る。二十三時。

やっと自分のアパートに着く。一階も二階も窓の灯りはひとつもなく、この建物には自分一人しかいないことを知る。

私はもう何年も帰省していない。

高校生の時、友達の親が亡くなってその葬儀があった。私は高校の制服で出席した。大人たちは喪服で、男性はスーツが多かった。それが当たり前だと思っていたら、スーツではない大人が堂々と現れた。明らかに普段着と思われる服装で、髪の毛は長く、ヒゲもまた長かった。その風貌はまるでキリストのようだった。普段着のキリストだから休日のキリスト、あるいは近所のコンビニに行くようなキリストといったところか。お寺での葬儀にキリストというミスマッチさは奇妙であったが、それよりTPOに応じた服装をしない大人がいることが奇妙だった。なんだかみっともなく思え、こんな大人にはなりたくないと思ったことをはっきりと覚えている。

しかし、いつの間にか私はその人に近づいていた。社会人にならず、消去法でもの書きになり、風貌もイメージしていた大人とはかけ離れていた。スーツなど買ったことがない。冠婚葬祭はスーツを借りる。しかし靴は借りれず、黒いスニーカーをできるだけ革靴のように見せて切り抜けている。

灯りのないアパートは孤独しかなく、寂しさを呼び起こした。しかし今からの帰省は無理だ。

この後、他の住人が帰ってくるかもしれない。灯りがひとつでもあれば仲間がいると安心するはず。そんなことを考え、私は灯りをつけたまま寝ることにした。

パチンコ屋のところを曲がってください

同じ

子どもの頃に住んでいた町の少年野球チームに入った。当時は何かスポーツをしようと思い立ったら、野球しかなかった。神社に土俵があるように、どこのグラウンドにもバックネットがあって、野球をやる環境が整っていた。当時はなぜか巨人の柴田勲選手が好きで、打順は一番でセンターを熱望した記憶がある。

放課後になれば毎日のように野球の練習をやっていた。それをいつも見ている男性がいた。子どもの頃は大人の年齢にまったく興味はないもので、二十歳以上はおじさんであり、さらに上はおじいさんだった。練習を見ているのはおじさんだった。

野球の練習をしている時間帯は、大人はまだ働いている時間である。私の父親は勤務中であり、母親は夕食の買い物などを始める時間である。それなのにこのおじさんは何をしているのだろうと気になった。おまけに誰の肉親でも知り合いでもなく、コーチでも何でもない。無関係な人がいつも練習を見ている光景。私はいつも不思議に思っていた。

十代で上京した。東京はレコードでもCDでも漫画でも古着でも何でも売っていて、私は暇があれば電車に乗って雑誌の広告でしか知らなかった店を覗きに行ったものだ。その頃にふと気づいたことがあった。それは都会では昼間からお酒を飲む人がいるということだ。だいたいは帽子を被っていて、アポロキャップかハンチングが多い。もちろんそうではない人もいて、高そうに見えるし薄そうな生地にも見えるスーツにハットの人もいる。テンガロンハットの人もいる。派手なおばさんと一緒の人もいるし、ひとりでご機嫌な人もいるし、競馬新聞を読んでいる人もいるし、中には文庫本を読んでいる人もいる。田舎では見ることができなかった奇妙な光景。いったい何をしている人たちなのだろう?

街を歩いていると話し声が聞こえた。誰かに話しかけているのだろうと気に留めなかったが、話が続いているので、もしかして私に話しかけているのかもしれないと声がする方を向くと、おじさんの独り言だった。別の日、電車で突然怒り始めた人がいて、もしや私に対して怒っているのかと思ったらそれも独り言だった。さりげなく聞いていると世の中に対して怒っていることがわかった。なぜひとりで話すのか。どうして考えていることを心に留めておかずに口に出してしまうのか。明らかに奇妙な光景に私は戸惑った。

やがて私は年をとった。子どもたちが野球をやっていると、自然と足を止めてそれを眺めるようになった。無関係なのにもかかわらずだ。理由などない。とにかく見たい。そしてそれはいつまでも見ていることができる。気を抜くと日課になってしまう。きっと子どもたちの間で「あの人誰だ？」と噂になっているだろう。

お酒は夜と決めていたが、だんだんと早まり、今は正午過ぎたら飲んでもいいルールになっている。それももうすぐ午前十一時に繰り上がりそうである。昼間から開いている居酒屋にいる姿や公園で缶ビールを飲んでいる姿を見られて、「この人、何をしている人なんだろう？」と思われているに違いない。

建物から外に出て寒いと「寒い！」と口に出し、暑いと「暑い！」と口に出している自分に気づいて驚いた。歩いている時に昔あった嫌なことを突然思い出し「なんなんだよ、いったい！」と口に出してしまうことがあり、また驚く。怒られたことを思い出して「はいはいわかりましたよ」などと口にして、さらに驚く。こんなの誰かに聞かれたら終わりだ。せめて小声で言わないといけない。しかしだんだんと音量調節が甘くなっていく。「あ、なるほど。こうやって独り言を言うようになるんだ」とメカニズムに気づく。こんなことに気づきたくなかった。

昔、奇妙だと思っていたことが奇妙ではなく、ああはなりたくないと思っていた生活をごく自然に送っている。奇妙なことはどんどんと減っていき、例えばいるはずのないものが見えるとか、科学では説明できないことが起こっても、今の私は「まあ、そんなこともあるだろう」と思うようになってしまった。

新宿の歩道の上で、こぶしほどの石塊《いしころ》がのろのろ這って歩いているのを見たのだ。石が這って歩いているな。ただそう思うていた。しかし、その石塊は彼のまえを歩いている薄汚い子供が、糸で結んで引摺《ひきず》っているのだということが直ぐに判った。

子供に欺かれたのが淋しいのではない。そんな天変地異をも平気で受け入れ得た彼自身の自棄《やけ》が淋しかったのだ。

（太宰治「葉」より）

私は天変地異を受け入れても太宰のように淋しくはない。それはもう太宰より年上だからだろう。

誰も片付けない落ち葉がある

プレステ

音が記憶を蘇らせることがある。

何かの曲を聴いた途端、その曲を頻繁に聴いていた時のことを思い出す。海辺で育った人は波の音で昔を思い出す。実家が自営業の人は何かの作業音が記憶を呼び戻すかもしれなく、学校のチャイムの音は学生時代にタイムスリップしてしまいそうにもなる。

私は木材工場の木を切る音が幼少期を思い出させ、ドラゴンクエストの音は高校生の頃を思い出させ、プレイステーションの起動音は二十代を思い出させる。

一九九四年の十二月三日にプレイステーションが発売された。ほぼ同時期にセガサターンも発売された。安定した収入がなく、まともな生活ができていない私はどちらか選ぶしかなかった。実際はどちらか一台買うのも微妙な状態であったが、月末の原稿料をつぎ込み、後はすべての費用を削ってじっとしていればなんとかなるだろうと判断した。

プレステかサターンか。これは九〇年代最大の選択であったかもしれない。迷いに迷っていたところに、近所に住む知り合いがサターンを購入したことを知った。そこで私はプレステを買った。サターンをやりたい時はその人の家に行って、逆にプレステは私の部屋でやれば良かった。持ちつ持たれつの小さすぎるコミューンがそこにあった。

時間だけは有り余っていたために、私はプレステをやり続けた。その後の数年間はプレステに支配されたと言っても過言ではない。

スイッチを押す。起動音が流れる。ゲームをやる。朝になって寝る。午後に起きてスイッチを押す。起動音が流れる。途中リセットしたならば、そのたびに起動音が流れる。起動音を何度も聞く。この起動音を怖いと言う人も多かったが、私は好きだった。別世界が開かれるような、非日常へと誘《いざな》われるような不思議な音だった。

今でもプレステの起動音を聴くと様々な情景が思い浮かんでくる。今にもプレイしていたゲームが始まる気がして、喫煙していた頃の吸い殻が山盛りになった灰皿さえも思い出される。

最も鮮明に蘇る光景は夜明けである。新聞配達のバイクの音も夜明けを想起させるが、プレステの起動音はそれよりもう少し明るくなった夜明けを思い出させる。

カーテンの隙間の向こうが白み始める。どこからともなく聞こえてくる鳩の鳴き声。それにカラスの鳴き声が重なる。どこからか雨戸を開ける音がして、近所の老人が動き始める音もする。

午前中に打ち合わせがある時はここで寝てしまうと起きることができなそうなので寝ないと決意し、コンビニへと行くことにする。

玄関を開けて外へと出た瞬間、季節が変わりつつあることを知る。

狂いまくった生活リズムの私に季節を教えてくれたのもプレステの起動音だったのだ。

居酒屋の皿が実家と同じだ

北斗星

高校生の時。青函《せいかん》トンネルが開通して、『北斗星』という名前の寝台特急の運行が始まった。北斗星は札幌と上野を繋いでいた。上京後、私は北斗星を帰省する時に使ったものだ。

二十時頃に上野を出て次の日の午前中に札幌に着く。最も安いB寝台のベッドでどうやって時間を潰そうか考え、いつもドストエフスキーの本を鞄に入れた。たくさん文字が書いてあるから長持ちするだろうという理由だ。だが毎回すぐに寝てしまい、北斗星に何度乗ったか忘れたが結局合計して三ページくらいしか読んでいない。それでもいつかインタビューで「旅のお供はドストエフスキーでしたね」と言うことができると考えていた。

一時期、東北に住んでいたことがあって、その時のアパートは東北本線の線路のそばにあった。夜中、札幌へ向かう北斗星が通り、それを一畳にも満たないベランダからよく眺めたものだった。車輪の音が響く中、いつか最悪な状況になってもこれに乗ってしまえば故郷に帰れるんだと毎回思った。北斗星は自分の生命線みたいなものだったのだ。お金が入る度に北斗星の切符が買える分だけは別にしておいた。

だが、いつもすぐに使ってしまった。そこである日『北の国から』を思い出し、お札に泥を付けてみたのだが、自分で泥を付けたところで抑止力にはならず、泥が店員に見えないようにお札を渡して使ってしまうだけだった。

赤いスノーダンプに店の名前

鍛高譚

憧れの先輩がいた。その人は雑誌で何か書いたり、編集者的なことをやったり、時折放送関係の仕事をしたりしていて、今のような仕事を始めたばかりだった私には輝いて見えた。

その先輩に憧れた大きな理由はライフスタイルだった。一言で言うならば「自由」な人だったのである。どこにも所属せずにフリーランス。自分の好きな仕事しかしなくて、どんなにギャラが良くても自分が面白いと思わなければ引き受けない、暇があれば海外へと旅行に行く人だった。私はそんなライフスタイルに強く憧れ、先輩の言動を真似するようになっていた。まだろくに仕事などなかったのに、堂々と仕事を断ったりもした。

先輩はよく飲みに連れて行ってくれた。海外から帰ってくると私の知らない国の話をしてくれて、私は先輩の話に頷きそれを肴に飲んだ。

ある時、入った店に『鍛高譚《たんたかたん》』が置いてあったので注文した。「それは何だ？」と先輩に訊かれた。「北海道の焼酎なんですよ」と説明すると「じゃあ俺も飲んでみようかな」となり、それからは二人でよく鍛高譚を飲んだ。気に入った先輩はボトルを入れた。

そんなある日。とある居酒屋で先輩がトイレに立った時のことだ。少々酔っていたようで、立ちあがった際に椅子にぶつかり、上に置いてあったカバンが落下し、中身が床に散らばってしまった。私が「片付けておきますよ」と言うと「ありがとう」と言って先輩はトイレへ向かった。

中身を拾い集めていると、先輩の保険証があった。それを鞄に戻そうとした時、「扶養」という文字が見えた。

扶養の保険証。そう、先輩の自由は「扶養」の上に成り立っていたのだ。

それを知って、先輩を軽蔑したり、ガッカリしたりということはなかった。ただ、闇雲に先輩の真似をしていた自分はこれからどうしようと途方に暮れたことを覚えている。そもそも立っている土台が違うなんて思ってもいなかったから、私は先が見えなくなってしまった。

それからなんとなく私から離れる形で先輩と会わなくなってしまった。何年かは仕事をしていたようだが、ぱたりと名前を聞かなくなった。行方を訊いても皆「知らない」と言う。

今でも鍛高譚を飲むと先輩を思い出す。それが私に良い影響を及ぼす時とそうではない時がある。どちらかと言うと良くない方が多く、その先輩に軽い感じで言われた嫌なこととかを鮮明に思い出して腹立たしくなることもよくあり、もう鍛高譚を飲まないようにしようと思うこともある。

ただ、お酒にあまり詳しくない女性と飲みに行った場合、「じゃあ、鍛高譚で」と言うとお酒を知っている男に映るようで、私は女性に「博識で凄い！」と思われたいがためだけに飲み続けている。

多分もう一度雪が降る春

冬のグラウンド

そのグラウンドは八歳の私には広く感じた。

　昨夜から降り続いていた雪は正午を過ぎる頃には止んでいた。灰色の雲の隙間から鮮明ではない太陽が顔を覗かせていて、申し訳程度に地上を照らしていた。いつもの光と比べるとほとんどが地上には届いていなく、結果雪と相まってぼんやりとした風景を作り上げているだけだった。

　黄色い除雪車が他の車とは違う大きな音をたてながら路肩に雪の山を長々と作っていた。雪のためだろう、車の通りは極端に少なかった。歩道はまだ除雪されておらず、幾人かが通ってできたらしい雪を踏みしめた跡が細々と続いていた。私はその上を歩いていた。被っていたニット帽が歩く度にずり下がり視界を狭くしていた。それを直すために私は立ち止まった。帽子を脱ぐと頭がひんやりとし、視界が晴れた。通っている小学校が見え、校舎の色は空とさほど変わりない色をしていた。傍らに広がっているグラウンドには雪が積もっていて、土の色はどこにも見えず、一面真白であった。グラウンドの境目に植えられている落葉樹は文字通り葉をすべて落とし、静かに立っていた。カシワの木だけ枯れ葉が落ちずについていた。グラウンドの一角にある野球のバックネットだけが緑色で、白と灰色の世界の中で浮いていた。奥に見えるサッカーゴールの三分の一くらいは雪の中に埋もれていた。

私が家を出たのは二時間ほど前のことだ。午前中は雪が降っていたため外出を控え、ストーブの傍で漫画を読んでいた。やがて親に除雪を手伝うように言われ、外に出た。戻ってくるとニットの帽子は雪だらけになり、手袋と一緒にストーブの横に敷かれた新聞紙の上に置いて乾かすことにした。毛糸に付着した雪と氷の中間のような小さな塊を手に取り、ストーブの上に乗せるとジュッと音がして、塊はすぐに液体となって広がり、あっという間に気体となり消えた。その様が面白くて何度もやっていると音に気づいた母親に怒られてしまった。することがなくなった私はストーブの上に乗せられたやかんの湯が沸く音を聞きながら大人しくしていた。沸騰した湯が注ぎ口から飛び出しそうになるぎりぎりのところをヒヤヒヤしながら見ていると、台所から母親が何かを持ってやってきた。おやつだと言うので私は色めきたったが、皿の上に盛られていたのはカボチャを煮たものだった。八歳の私にとってカボチャを煮たものは「大人の味」過ぎるもので、決しておやつではない。野菜はどんなに調理しようが所詮野菜でしかなく、「いらない」と言って立ち上がり窓から外を見ると雪の勢いが弱まっていた。もうすぐ止みそうだ。これなら出かけられると私は思った。

予想通り雪は止み、私は家を出て書店へと向かった。ポケットには一週間ほど前に貰ったお年玉の残りが入っている。私はその金で八歳にして初めて漫画の本を買うことを心に決めていた。漫画自体は親に買ってもらったことはあるし、手にしたことはもちろんある。だが、一人で自ら書店に赴き購入するのは初めてだった。

町に着き、書店のドアを開けると店内は暖かく、店中のガラス窓は曇っていて水滴が流れていた。誰かの靴底に付いていた雪が溶けて床はところどころ濡れていた。

店内には思っていた以上の漫画が並んでいて私は圧倒された。この中からお目当ての本を探すのは一苦労であるように思われた。しかし私は欲しい漫画の背表紙の色を覚えていた。漫画の単行本は出版社ごとに装丁が違い、色やデザインに特色がある。自分が欲している出版社の棚を難なく見つけると、棚の前にお目当てが十冊ほど平積みにされており、以前、母親と本屋に来た時に平積みの上から二冊目を取っていたのを思い出して、それに習い手に取った。レジで精算をしていると私より後に入ってきたおじさんの靴がまた床を濡らしていた。

書店を出ると店内との温度差が私を襲った。店では不要だった帽子と手袋をすぐにしっかりと身につけた。今日何度か見かけた黄色い除雪車が大きな音をたてながら近づいてきて、私とすれ違って離れていった。商店街の人たちは店の前の除雪に勤しんでいて、開いてない店の前は雪がそのまま積もっており、誰かの足跡の中に自分の足を入れるように私は歩いた。

私の家へ帰るには今歩いている道を真っ直ぐ歩いて小学校まで行き、そのグラウンドの外周の道を行けばよい。もうひとつグラウンドを通る方法もあった。斜めに横切ってショートカットするのだ。

私はその近道が気に入っていた。放課後、いつも上級生が野球をしていた。私が住んでいた地区の少年野球チームで、小学四年生からそこに入ることができた。わずか二年しか違わないのに自分より身体の大きい上級生の動きは到底真似できるはずもなく、感嘆の声を飲み込んでしまうほど驚きながら練習を眺めた。

時折、とり損ねたボールが転がってきたりすると心臓の鼓動が速くなった。足元にあるボールを手にして良いかどうか迷い、結局は自分が如何《どう》にかするしかないと思い、はたまたチャンスだとさえ思いながら、そのボールを投げ返したものだった。ボールは私の手にはまだ大きく、おまけに緊張も加わり、投げたボールはいつも相手までは届かずにバウンドして、最終的にボテボテと転がり上級生の手に渡った。それでも上級生が帽子のつばに手をやりお礼を言ってくれるのがなんとも言えず嬉しくもあり恥ずかしくもあり、ただただ私は赤面した。わずかでも憧れの野球チームに係われた幸福感は私を家まで疲れることなく走らせるほどだった。私はまた誰かミスをしてくれないかとさえ思った。ミスしてくれれば自分が手伝うことができるのにと。

やがて冬になり、雪がグラウンドを覆いつくし、野球チームの練習は春まで休みとなった。代わりにグラウンド中央にスケートリンクが作られて、皆スケートを楽しむようになった。スケートリンクへと行く道と、リンク周辺は雪が踏みしめられているのだが、それ以外のところは白い平面で誰も足を踏み入れなかった。

帽子を被り直した私はまた雪が降ってきたことに気づいた。見上げると太陽がさらにぼやけていた。

私はグラウンドを通って帰ろうと思った。その方が近道である。冬のグランドを歩くのは初めてだったが、まっさらな雪原部分に自分の足跡だけがつくことも特別なことのように思えたのだ。

グラウンドへと足を踏み入れると、昨日から積もった雪の層は柔らかく、私の履いていたネイビーの長靴はその雪の中へめり込んでしまったが、その下の雪は零下の夜で固められ硬い層となっており、靴がそれ以上埋まることを防いでくれた。最初は慎重にゆっくりと歩いていた私も徐々に慣れてきて、先ほどまで道路を歩いていた時のように普通に歩み始めた。

風が少し出てきた。舞っている雪がやや斜めになってきて、雪が私の足跡を消し始めていた。

私は野球チームのことを思い出し、真似して雪玉を投げようとしたが、雪質がさらさらでうまく玉を作れなかった。それでも無理矢理投げると雪玉は空中で砕け、粉のようになって拡散した。それが風に戻され私の頭から降り注いできた。若干冷たさを感じつつも決していやな感覚ではなかった。私は足元の雪を手に取りまた投げた。今度は雪の粉がまつ毛に付いて、視界が煌《きら》めいた。下がってきたニット帽を直しながら、すくうように雪を取り、丸めずにそのまま投げた。風に戻されほとんど顔に返ってきた。私は戻ってくる雪を素早く避《よ》ける動きも取り入れてみた。雪を投げるだけなのにそれが無性に面白く、何度も何度も繰り返した。

　そうやって遊んでいるうちに、空から落ちてくる雪の量が増えてきていることに気づいた。見上げると雲間から差していた申し訳程度の光さえなくなり、灰色の空から雪が止め処もなく降り注いでいる。まだ午後三時くらいのはずだったが、いつもより辺りが暗い。さっきまで歩いていた道から音がして、見ると除雪車が白い中をゆっくりと移動していた。姿はほとんど見えず、ライトの光だけがぼんやりと見える。スケートリンクには誰もいなかった。

　風が吹き抜けて、小さな吹雪をグラウンドに作った。視界が白くなり、次に現れたのは灰色の世界だった。さらに暗くなり、空と地面の色が同化して繋がり、グラウンドが無限に広がっているように感じた。恐怖を感じた私は急いで帰ろうと歩き出した。降雪はどんどん強まり、それに比例するように私の歩くスピードも速くなった。もう一度風がグラウンドを吹きぬけた時、私は慌てて駆け出した。

　突如私の右足が雪の中へと吸い込まれた。駆け出したことにより踏み込む力が増え雪への圧力が強まったのだろう。固いと思われた雪の層を突き破り私の足はすっぽりと埋まってしまった。いきなり動きを止められた私は前のめりに倒れかかったが、手をつき何とか踏ん張った。

風と雪は私に容赦なく向かってきては力任せに衝突していった。

焦った私は力ずくで右足を抜き、一歩後退するような形で抜いた足を下げた。上手く危機を脱したと思ったのも束の間、右足には長靴がなかった。長靴は雪の中に取り残されてしまったのだ。私は深い足跡の中から長靴を取り出そうと試みたが、動くと今度は左足が徐々に埋まり始めてくるのがわかった。漫画の入ったビニール袋を雪の上に置き、なんとか前かがみになって手を伸ばして穴の中に手を入れてみた。しかし長靴まで手は届かなかった。

長靴のない足にはかろうじて靴下があるものの防寒にはほど遠く、足の指先が冷たくなってきて、追い討ちをかけるように靴下の上にも雪が積もってきた。それを掃《はら》おうとした時、左足に全体重がかかり雪の中へ身体がめり込んだ。バランスを崩し、左足が雪の中に入ったまま尻餅をつくように倒れ、仰向けの状態となった。その拍子にニット帽が私の目を覆った。

片手で帽子を捲《まく》り挙げると、雪しか見えなかった。灰色の上空の一点から落ちてくる雪は、その姿をだんだんと大きくしながら放射状に広がっていた。私は初めて真下から雪が降るさまをみた。

　私は何度か立ち上がろうとした。比較的自由に動かせる手を雪の上について身体を起こそうとしてもただ手が雪の中に埋まっていくだけだ。

　雪が身体に凍みてきて、私は泣きそうになった。このグラウンドからもう一生出られない気がして、家が恋しくなった。湯の沸く音を聞きたくなった。好きではないカボチャが瞼《まぶた》に浮かんだ。涙で景色は歪みはじめた。足が冷たかった。このまま死んでしまうのではないかという恐怖に襲われた。一方、長靴を失くしてしまったことで親に怒られるのではないかという不安も生じた。

　とうとう堪えきれず私は泣いた。誰かに聞いて欲しいかのように大きな声をあげて泣いた。それは八歳になったばかりの子どもにできる最後の手段だった。

　どれくらい泣いていたかわからない。私には永遠とも思える時間が過ぎたが、実際には数分間の出来事だったのかもしれない。私はたまたま通りがかった近所の人に救助された。いや、救助というほどの大げさなことではなかっただろう。大人からすると足が埋まったところでたいした深さではなく、グラウンドの大きささもさほどではない。私のもとに駆け寄り、背負ってまた道へと戻るのは容易《たやす》いことだ。私は背負われながら助かった安堵感でまた涙を流した。ニット帽を下げて目を隠した。

春になり、私は学年がひとつ上がった。雪解け水で濁り光り輝くぬかるんだグラウンドを歩いていると隅に片方だけの長靴を見つけた。私は恥ずかしくなって、それが自分のものだとは絶対にばれないようにしようと思い、あまり見ていると自分のだと思われると考え、すぐに視線を逸らした。

ざらざらした春の国道

バスは北を進む

もしも罪を犯してしまったならどうしようと想像する時がある。犯さないことに越したことはない。しかし犯してしまわないとも限らない。自己防衛や復讐で誰かを殺めてしまうことがあるかもしれないし、意図せず誰かの犯罪に巻き込まれてしまう可能性もある。

そんな想像をしたならば次に考えるのはその後のことであり、捕まってしまえばそこで想像は終わってしまうから、私は逃亡のことを考える。一度自分の部屋に帰る暇はあるのか？　しかしそこに警察がいたら終わりだ。誰かに連絡するべきか？　連絡しておきたい人はいるがそこから足がつく可能性もある。よって、その時着ていた服と所持金で逃げることになる。私の身なりや身体的な特徴等の情報は出回っているだろうから、まずは別の服に着替えたいところだ。髪型を変えたり、帽子を被ったりすることも必要だ。どこかで衣類を盗み、あるいはお金を盗まなければいけない。そして逃亡生活が始まる。

この時、私がいつも想像するのは北なのである。南の方や暖かい方に逃げる発想はまったくない。どんなに寒くても北の方に逃げる。たとえお金がなくて栃木までしか行けないとしても北へ逃げる。そこでお金を入手し、今度は東北へ向かう。少しでも北海道に近づきたいのだ。

というようなことを言ってしまうと、実際に逃げなければいけない事態になった時、「あいつは北に逃げるんだよ」と皆知っているわけで、逃亡には不利になる。

それでも私は北へと逃げるのだ。


私を乗せたバスは走り出す。

窓にもたれて景色を見る。コンビニがある。セイコーマートだ。とにかく駐車場が広い。

大きい焼肉屋がある。扉には鎖が巻かれ『売物件』と書かれた看板がある。どうやら潰れてしまったようだ。ここに来るのを楽しみにしていた家族が、何組かはこの町にいただろうに。

信号でバスは停まる。窓からコーポが見える。二階へと続く階段に不動産屋の看板がいくつも付いている。

交差点を過ぎると再びコンビニが見えてくる。またセイコーマートだ。その横に、聞いたことがない名前の大型のレンタルＤＶＤの店がある。本も売っている。新刊も古本も。ゲームソフトの買い取りもやっている。この辺りではお馴染の店だと思われる。

もしも私が先ほどのコーポに住んだとしたならば、あのセイコーマートを利用し、ＤＶＤをここで借り、雑誌を買うのだろう。

知らない町に来るといつもそんなことを考える。自分が住んだ時のことをシミュレーションしてしまう。そして決まって「ここに住むのもありかもしれないな」と思う。住んだらそれなりに楽しいことはあると思う。だけど、一か月くらいで飽きてしまいそうな気もする。

やる気のある人の独立を支援するという焼き鳥屋がある。昼間なので潰れているのかどうかはわからない。

錆びついた緑色の歩道橋をくぐり、バスは国道を走る。

ホームセンターがある。大きいドラッグストアがある。

紳士服の店は貸店舗になっている。

中古車がずらりと並んだ店。フロントガラスに四十万円という値札が付けられているが、その値段が妥当なのかどうなのか、車に疎い自分にはわからない。

歩道を下校中の高校生が歩いている。初めて見る制服たちを追い越していくと、大きなマクドナルドが現れた。この辺の学校に通っていたならば、放課後このマクドナルドを利用するんだろうなあ、とまた想像してしまう。今の人生とは別の道。そこにはきっといろんなドラマがあるはずだ。なんだか楽しくなる。

しかし、すぐに自分は犯罪者で、逃げていることを思い出すのだろう。

バスは北を進む。

網走北見紋別地方の天気予報を見る

叱られた夜

夜、親に叱られて、家から追い出された。

子どもだった私はどこかに行くこともできずに物置の前に座っていた。

秋の虫の声はもうほとんど聞こえなくて、冬の匂いが充満していた。

初めて季節を意識した時かもしれない。

家のドアが開いた。幼い弟が親に気づかれないようにこっそり出て来て、「お兄ちゃん、寒いだろう」と服を持ってきてくれた。

でも、弟の服だったので小さくて着られなかった。

防風林の向こうの夕日が眩しくない

試合結果

病院の待合室。テレビでは高校野球中継。北海道の高校だ。

「この後は教育テレビで」

アナウンスがあって画面はニュースに切り替わる。一番前に座っていた老人が勝手を知っているかのようにすぐにチャンネルを替える。画面には再び高校野球が映し出されて、先ほどの続きを見る。北海道の高校は勝つのか。試合の結果を知ることなく死んでいく人がこの建物にはいる。

思い出すために生きている

走馬灯

様々な情景が脳裏に浮かんでは消えていく。これが走馬灯なのか。
驚くべきことにその情景は、どれも昔のことばかりである。故郷で暮らした時間より、故郷を出てからの方が長いというのに、昨日のことなどひとつも出てこない。昔のことがまるでさっきあったことのように現れては消えていく。

雪が降っている。
小学校のグラウンドにあるスケートリンクを整備している人がいる。
滑り止めの砂を誰かが撒いた跡がある。
サンパレスのＣＭが流れている。
エンジンがかからない車がある。
吹雪の中で光る信号機の色が見える。

五月なのに雪が降っている。

テレビや漫画で見る夏休みより短い。

汽車通の友達がいる。

今朝は寒かったという話をする。


どれも私が北海道の東部の道東と呼ばれる、冬にはマイナス二十度以下にもなる氷点下の世界で暮らした記憶に関係している。

そこでは何もかも凍ってしまう。もしかしたら走馬灯も凍りかけているのかもしれない。

だからスムーズに回らず、昔のことばかり映るのだ。


やがて冬の曇り空しか見えなくなる。

走馬灯は完全に凍ってしまったか。

でもそれでもう良い気もする。

父親が水を落としている

ストーブの匂いが優しい

雪かきしていない空き家だ

明日降る雪が見たかった

解説

西加奈子

14歳の時、ヒップホップに出会った。あまりの格好よさに衝撃を受けた。購入したCDを聴きまくり、歌詞を辞書で調べるだけでは飽き足らず、ラッパーのリリックをポスカで自分の部屋中に書いた。壁に書く勇気はなかったから、二段ベッドを解体した自分のベッドの木枠やテレビ台、アルミ製のゴミ箱にだ。見よう見まねの下手くそなグラフィティは、長く残った。

実家を出てから、テレビ台やベッドは処分されたけど、ゴミ箱はずっと置いてあった。「CLACK」「MONEY」「MURDER」など極悪のリリックが書かれたゴミ箱に、老いた両親がゴミを捨てているのが恥ずかしくて、「頼む、もう捨ててくれ！」と、ずっと思っていた。

最近帰省した時、そのゴミ箱がなくなっていた。望みどおりとうとう処分されたのだけど、私はほっとするのと同時に猛烈に寂しく、何より自分を恥じた。その時思い出したのはせきしろさんで、それから数日後に、この解説の依頼がきた。

『バスは北を進む』は、せきしろさんの個人的な思い出が書かれたエッセイと自由律俳句からなっている。どれも密《ひそ》やかで、ささやかで、静かだ。くすくす笑うこともあれば、胸が苦しくなって本を閉じてしまうこともあって、とにかく言えるのは、この作品が私にとってとても大事な一冊になったということだ。

この作品は、「思い出す」ことについて書かれている。そして同時に「忘れる」ことについても。著者であるせきしろさんは、「思い出す」ことや「こんなに覚えている」ことを、恥ずかしがっているように思う。

過去の、しかも幼少期や思春期の頃の記憶は、もう大体「恥ずかしさ」とセットだ。未熟だからほとんどのことを失敗するし、バランスを欠いているから人を傷つけるし、その分自分も傷つく。特にせきしろさんのように鮮明な記憶を持っている人は、いつまでもヴィヴィッドに恥ずかしがることになる。

例えば転校生だったせきしろさんが、転校先で初めて話しかけてくれた男の子と仲良くなり、やがて遊ばなくなってしまったエピソード。私も転校生だったから、その経験がある。最初に話しかけてくれる子とは、学期が進むと大抵離れてゆく。いわゆるグループ分けというやつだ。「そんなものだ」と、私なんかは思っていたけれど、せきしろさんはご自身を許さない。

時折、強烈な後悔と自己嫌悪に襲われることがある。あいつは今何をしているんだろう?

正直、その自己嫌悪や後悔は、前に進むには無用な感情だ。過去には戻れないのだし、過去のことを悔いても仕方がない。でも、せきしろさんはその同級生のことをどうしても忘れられないし、忘れられないから立ち止まってそこにとどまり、じっと羞恥に耐えている。

大事なことは、せきしろさんは私のように過去を簡単に忘れてしまう人間や、「そういうもんだ」という便利な逃げ道を持っている人間を、決して否定しないことだ。それでいいと思っている。それどころか健やかだなぁと感心してくれているだろうし、それこそ人間とは「そういうものだ」とも思っていると思う。でも、じゃあそんな人間のことを羨ましがっているかというと、そうじゃないのではないだろうか。

なぜならせきしろさんには、「覚えていること」よりももっと強く「忘れてしまうこと」への羞恥があるからだ。

高校生だったせきしろさんの家にやってきた猫が、ペルシャ猫の割りには激安だったこと。ずっと鳴かなかったこと。でも、病院で注射をしたら大きな声で鳴いたこと。それから今までの分を取り戻すように鳴きまくったこと。バージョンは違っても、ペットにまつわる思い出は、あらゆる人に共通のものだと思う。でも、せきしろさんはこう続ける。

私はその後家を出て都会で自由気ままに過ごして実家にほとんど帰らなかったから、猫ともほとんど会うことはなく、実家から「病気でもう死んでしまうかもしれない」

と連絡がきた時も「まあ、寿命かな」くらいのことしか思わず、死んでしまった時も「ああ、そうか」という程度で悲しみはほとんどなかった。

しかし、そんな自分がなんだか無性に嫌になる時がある。

ヴィヴィッドな悲しみを覚えない自分を恥じる。「あの時」の感情を手放している自分を恥じる。「大人」になってゆく自分を恥じる。

「夢でも記憶でも、そして地図からも消えた通学路」を確かめるためにわざわざ飛行機に乗って実家に戻るひたむきさにはほとんど脅威を覚えるし、「思い出すために生きている」という自由律俳句が、もうそのまま彼の宣言だ。せきしろさんは、「忘れたくない」のだ。

何度も言ってしまうけど、それはもちろん「無駄」な感情だ。「前に進む」のには、無用な感情。でも、その「無駄」こそが尊い。それを教えてくれたのもせきしろさんだった。

せきしろさんとは、２００８年に出会った。

マガジンハウスの編集者の方と、お食事をしたのだ（それがきっかけで、アンアンという雑誌で短歌の連載をさせていただくことになった）。

最初は全然話してくれなくて、それどころか私の方を全然見てもくれなくて、嫌われてるのかなと思った。でも、私はせきしろさんのファンだったから、その後もしつこく話しかけた。せきしろさんは段々と話すようになってくれ、私の目も見てくれて、「春だな」とか、「元気か」とか話しかけてくれるようにもなった（せきしろさんは仙人みたいな話し方をする）。

せきしろさんは面白かった。本当に面白かった。それまでの私にとって「面白い」って、変な顔をして大きな声で「ばあ！」って言うようなことだった。でも、せきしろさんは全然違った。せきしろさんはボソボソと乾いた声で、必要最低限のことだけ言った。その言葉は、どこかで聞いたことのあるものだった。例をあげたらご本人が絶対に恥ずかしがるし、私が書くと面白くなくなるので書かないけど、「ああ！　それ！　懐かしい！」とか、「よう覚えてるなぁ！」とか、そういう類のものだ。でも、そんな既視感のある言葉、馴染みすぎて忘れてしまってすらいる言葉が、せきしろさんが絶妙なタイミングで絶妙な組み合わせで話すと、聞いたことのない、新しいストーリーになった。めちゃくちゃ面白かった。

それって、優れた文学作品に出会うことと似ていた。私たちに与えられた五十音は平等なのに、そしてこの単語は全て知っているはずなのに、こんな文章を読んだことがない、というあの感動と。誰かを笑わせる、しかもみんなが知っている言葉を使って、経験したことのないやり方で笑わせるって、誰にでも出来ることではない。

時には私の叶わない恋の相談に乗ってもらったり、忘れられない辛い思い出のことを聞いてもらったりして、泣いて、愚痴って、でも、最後にはいつも絶対に絶対に笑わせてもらっていた。そんな時間を深夜の居酒屋で、マガジンハウスの会議室で、喫茶ルノアールで過ごせた私は最高の幸せ者だった。こうやって書きながら、私は今思い切り過去にいる。過去にぐるぐるにくるまって、なんだかもう泣いてしまっているのだけど、せきしろさんはそんな私も否定しないと思う。せきしろさんは人間の無駄な時間を、人間のどうしようもなさを、絶対否定しないのだ。

最近、書店でビジネス書や自己啓発書をよく見る。華々しい表紙を眺めていると、時々ものすごくしんどくなる。

何やってんだそんなところで！　前へ進め！　前へ進め！

耳元でそう叫ばれているような。

もちろん、それが響く時もある。自分自身「前に進みたい！」と思っている時には過去を振り返っている時間なんて勿体無い《もったいな》いと思うし、著者の人生経験からこぼれ落ちた渾身の「前向き」はありがたい。

でも、人間って、前に進むだけの生き物じゃない。

過去は絶対に過去としてそこにある。それがあったから私たちは生きているのだし、時にはそれにくるまれてじっとしていたいのだ。「忘れたいよー！」と照れている時は健やかだけど、実際忘れてしまいそうになると寂しい。私のゴミ箱を、取って置いたら良かった。14歳の恥ずかしい私が詰まった、大切な大切なゴミ箱だったのに。

そして私は、やっぱりせきしろさんを思い出すのだ。忘れない人。忘れることが出来ない人。忘れたくない人。

私たちは、たくさんの無駄な時間を過ごし、そして生きているんですよね。無駄の権化、優しいせきしろさん。私も、あなたのような気持ちを忘れたくないです。

砂を吐くあさりが静かだ

こんな瞬間を、忘れない人間でいたいです。

——作家

初出

ふたりの友達　「飛ぶ教室」2017年夏　第50号　光村図書
戻る　『逡巡』2012年　新潮社
ガチャガチャ
『素晴らしきインチキ・ガチャガチャの世界　コスモスよ永遠に』2014年　双葉社
クリスマスの足跡　「POPEYE」2017年1月号　マガジンハウス
檸檬を投げる　「小説幻冬」2017年5月号　幻冬舎
どんぐり　「小説幻冬」2018年9月号　幻冬舎
鳴いた猫　「小説幻冬」2017年2月号　幻冬舎
髪　「anan」2014年4月2日号　マガジンハウス
チェッカーズ　「小説幻冬」2016年11月号　幻冬舎
通学路　『逡巡』2012年　新潮社
怖い　「飛ぶ教室」2018年夏　第54号　光村図書
冬のグラウンド　『逡巡』2012年　新潮社

上記以外は書き下ろし。本書は文庫オリジナルです。

バスは北《きた》を進《すす》む

せきしろ

平成31年4月10日　初版発行

発行人――石原正康
編集人――高部真人
発行所――株式会社幻冬舎
〒151-0051東京都渋谷区千駄ヶ谷4-9-7
電話　03(5411)6222(営業)
　　　03(5411)6211(編集)
振替00120-8-767643
印刷・製本―株式会社 光邦
装丁者――高橋雅之

幻冬舎文庫

ISBN978-4-344-42857-7　C0195　せ-5-3